21 世纪高等学校计算机应用型本科规划教材精选

Java 手机游戏设计基础实验指导

张 琨 毕 靖 李 涛 编著

王慧芳 主审

清华大学出版社
北 京

内 容 简 介

本书作为《Java手机游戏设计基础》(清华大学出版社,ISBN 9787302231981)的配套教材,提供相关实验内容的指导。全书共分8章。第1章为实验简介,介绍了本书的实验目的、实验基本内容、实验任务及时间安排;第2章为J2ME入门实验,介绍了WTK的安装与使用方法;第3章为高级用户界面实验,介绍了高级用户界面方法的实践与应用;第4章为低级用户界面实验,详细介绍了低级用户界面方法与游戏进度存取的实践应用;第5章为MIDP 2.0游戏开发实验,通过实例介绍游戏的开发方法与过程;第6章为3D游戏设计实验,通过实例介绍3D游戏的开发方法与过程;第7章为智能游戏设计实验,通过五子棋游戏的开发介绍智能游戏的开发方法;第8章为闯关游戏设计实验,通过坦克大战游戏介绍闯关游戏的开发方法与过程。

本书结构清晰,注重实用,深入浅出,实例详尽,涉及知识面广,非常适合J2ME手机游戏开发人员学习使用。

本书涉及的素材可到清华大学出版社网站(http://www.tup.com.cn)下载。

本书封面贴有清华大学出版社防伪标签,无标签者不得销售。

版权所有,侵权必究。侵权举报电话:010-62782989 13701121933

图书在版编目(CIP)数据

Java手机游戏设计基础实验指导/张琨,毕靖,李涛编著.—北京:清华大学出版社,2011.1
(21世纪高等学校计算机应用型本科规划教材精选)
ISBN 978-7-302-23409-8

Ⅰ.①J… Ⅱ.①张… ②毕… ③李… Ⅲ.①JAVA语言-应用-移动通信-携带电话机-游戏-程序设计 Ⅳ.①TN929.53 ②TP311.5

中国版本图书馆CIP数据核字(2010)第153612号

责任编辑:索 梅 李玮琪
责任校对:时翠兰
责任印制:李红英

出版发行:清华大学出版社   地   址:北京清华大学学研大厦A座
         http://www.tup.com.cn   邮   编:100084
         社 总 机:010-62770175   邮   购:010-62786544
         投稿与读者服务:010-62795954,jsjjc@tup.tsinghua.edu.cn
         质 量 反 馈:010-62772015,zhiliang@tup.tsinghua.edu.cn
印 装 者:北京市清华园胶印厂
经   销:全国新华书店
开   本:185×260 印 张:9.75 字 数:230千字
版   次:2011年1月第1版   印 次:2011年1月第1次印刷
印   数:1~3000
定   价:21.00元

产品编号:034527-01

21世纪高等学校计算机应用型本科规划教材精选

编写委员会成员

（按姓氏笔画）

王慧芳　　　朱耀庭　　　孙富元

高福成　　　常守金

序

"教育部财政部关于实施高等学校本科教学质量与教学改革工程的意见"（教高[2007]1号）指出："提高高等教育质量，既是高等教育自身发展规律的需要，也是办好让人民满意的高等教育、提高学生就业能力和创业能力的需要"，特别强调"学生的实践能力和创新精神亟待加强"。同时要求将教材建设作为质量工程的重要建设内容之一，加强新教材和立体化教材的建设；鼓励教师编写新教材，为广大教师和学生提供优质教育资源。

"21世纪高等学校计算机应用型本科规划教材精选"就是在实施教育部质量工程的背景下，在清华大学出版社的大力支持下，面向应用型本科的教学需要，旨在建设一套突出应用能力培养的系列化、立体化教材。该系列教材包括各专业计算机公共基础课教材；包括计算机类专业，如计算机应用、软件工程、网络工程、数字媒体、数字影视动画、电子商务、信息管理等专业方向的计算机基础课、专业核心课、专业方向课和实践教学的教材。

应用型本科人才教育重点是面向应用、兼顾继续深造，力求将学生培养成为既具有较全面的理论基础和专业基础，同时也熟练掌握专业技能的人才。因此，本系列教材吸纳了多所院校应用型本科的丰富办学实践经验，依托母体校的强大教师资源，根据毕业生的社会需求、职业岗位需求，适当精选理论内容，强化专业基础、技术和技能训练，力求满足师生对教材的需求。

本丛书在遴选和组织教材内容时，围绕专业培养目标，从需求逆推内容，体现分阶段、按梯度进行基本能力→核心能力→职业技能的培养；力求突出实践性，实现教材和课程系列化、立体化的特色。

突出实践性。丛书编写以能力培养为导向，突出专业实践教学内容，为有关专业实习、课程设计、专业实践、毕业实践和毕业设计教学提供具体、翔实的实验设计，提供可操作性强的实验指导，完全适合"从实践到理论再到应用"、"任务驱动"的教学模式。

教材立体化。丛书提供配套的纸质教材、电子教案、习题、实验指导和案例，并且在清华大学出版社网站(http://www.tup.com.cn)提供及时更新的数字化教学资源，供师生学习与参考。

　　课程系列化。实验类课程均由"教程＋实验指导＋课程设计"三本教材构成一门课程的"课程包"，为教师教学、指导实验以及学生完成课程设计提供翔实、具体的指导和技术支持。

　　希望本丛书的出版能够满足国内对应用型本科学生的教学要求，并在大家的努力下，在使用中逐渐完善和发展，从而不断提高我国应用型本科人才的培养质量。

丛书编委会

2009 年 7 月

前 言

FOREWORD

中国作为全球最大的移动通信市场,手机游戏的开发拥有广阔的市场前景。越来越多的游戏开发者涉足嵌入式/移动设备的游戏开发,而 J2ME 是嵌入式/移动应用平台的佼佼者。J2ME 是 Sun 公司针对嵌入式、消费类电子产品推出的开发平台,与 J2SE 和 J2EE 共同组成 Java 技术的 3 个重要的分支。

本书从 J2ME 游戏开发方法入手,循序渐进、深入浅出地通过大量实验介绍了游戏开发方法与过程,具有知识全面、讲解细腻、指导性强等特点,力求以丰富的实例指导读者掌握 J2ME 游戏开发。

本书共分 8 章。第 1 章为实验简介,介绍了本书的实验目的、实验基本内容、实验任务及时间安排;第 2 章为 J2ME 入门实验,介绍了 WTK 的安装与使用方法;第 3 章为高级用户界面实验,介绍了高级用户界面方法的实践与应用;第 4 章为低级用户界面实验,详细介绍了低级用户界面方法与游戏进度存取的实践应用;第 5 章为 MIDP 2.0 游戏开发实验,通过实例介绍游戏的开发方法与过程;第 6 章为 3D 游戏设计实验,通过实例介绍 3D 游戏的开发方法与过程;第 7 章为智能游戏设计实验,通过五子棋游戏的开发介绍智能游戏的开发方法;第 8 章为闯关游戏设计实验,通过坦克大战游戏介绍闯关游戏的开发方法与过程。

对于手机游戏开发者来说,本书具有很好的实践参考价值,书中详细介绍了手机游戏开发的应用方法与技巧,详细介绍了游戏菜单、图片、精灵、游戏地图等的制作方法和过程,并向读者展示了完整游戏的开发过程。相信读者定会从中受益匪浅。

本书可作为学习和使用 J2ME 的计算机专业或相关专业本科生的上机实践教材,是 J2ME 手机游戏开发人员理想的实践指导书。

全书由张琨、毕靖、李涛编著,王慧芳、张莹审校。由于作者水平有限,书中难免存在不足之处,敬请读者批评指正。

编 者

2010 年 7 月

目 录

CONTENTS

第 1 章　实验简介 ··· 1

1.1　实验目的 ·· 1

1.2　实验基本内容 ·· 1

1.3　实验任务与时间安排 ·· 1

1.4　实验要求 ·· 1

第 2 章　J2ME 入门实验 ··· 3

第 3 章　高级用户界面实验 ·· 11

第 4 章　低级用户界面实验 ·· 26

第 5 章　MIDP 2.0 游戏开发实验 ······································ 46

第 6 章　3D 游戏设计实验 ··· 61

第 7 章　智能游戏设计实验 ·· 76

第 8 章　闯关游戏设计实验 ·· 108

附录　实验报告模板 ·· 142

参考文献 ··· 144

第1章

实验简介

1.1 实验目的

上机实验的目的是提高学生分析问题、解决问题和动手实践的能力,通过该环节,进一步理解基于 J2ME 的手机游戏设计方法,并通过亲自动手编程掌握 J2ME 手机游戏的编程方法和技巧。

1.2 实验基本内容

为了使学生在上机实验时目标明确,本实验指导书针对课程内容编写了 7 个实验。学生可以在课内机时先完成指导书中给出的程序,理解所学的知识,在此基础上再编写其他应用程序。本书中的 7 个实验为 J2ME 入门实验、高级用户界面实验、低级用户界面与游戏进度存取实验、MIDP 2.0 游戏开发实验、3D 游戏设计实验、智能游戏设计实验和闯关游戏设计实验。

1.3 实验任务与时间安排

"J2ME 手机游戏设计"是一门实践性很强的课程,除了在课内安排的实验外,鼓励同学在课外使用相关技术进行游戏设计和开发练习。本书为读者设计了 7 个具有代表性的实验,所附源代码已经在 WTK2.5.2 环境下调试和运行。建议"Java 手机游戏设计"课程的理论学习与上机实验的课时比例为 2∶1。

1.4 实验要求

(1) 实验课是本课程的重要组成部分,与理论课有着同等地位,是培养自身实验技能与创新能力的重要途径。

（2）在实验课前，需对实验的目的、要求、基本内容、实验的重点和难点进行预习与讨论，确定实施措施。

（3）了解实验室的规章制度和安全用电常识以及实验设备损坏赔偿制度等，加强安全意识，爱惜实验设备。

（4）实验课期间不得擅自离开实验室或从事与本实验无关的活动，按时、按质完成实验作业，培养创造性思维，努力提高自身的实践能力。

第2章

J2ME入门实验

【实验目的与要求】

(1) 安装 Java 软件开发工具包(JDK)。

(2) WTK 工具包的安装和使用。

(3) 使用 WTK 开发 MIDP 程序。

(4) MIDP 程序的打包。

【实验环境】

J2ME WTK 无线通信工具包。

【实验涉及的主要知识集】

1. Java 软件开发工具包

Java 软件开发工具包(Java Development Kit,JDK)是 Sun Microsystems 公司针对 Java 开发的产品。JDK 是 Java 的核心,包括了 Java 的运行环境(Java Runtime Environment)、Java 工具和 Java 基础的类库(rt.jar)。

在 Java 中,类库以包(package)的形式提供,不同版本的 Java 提供不同的包,以面向特定的应用。Java 平台包括以下 3 个版本。

(1) Java2 Standard Edition(J2SE)是 Java 的原始版本,称为 Java2 标准版,主要用于桌面应用软件的开发。

(2) Java2 Enterprise Edition(J2EE)是 Java 的企业版,称为 Java2 企业版,主要用于分布式网络程序的开发。

(3) Java2 Micro Edition(J2ME)是 Java2 的微型版,主要用于移动设备和嵌入式设备的系统开发。

目前所说的手机游戏其实是 J2ME 中规范的一种,即 MIDP(Mobile Information Device Profile,移动信息设备规范),该规范应用最为普遍,因此习惯上也被人们笼统地称为 J2ME 技术。

当前最新的版本为 JDK1.6.0,该版本的安装程序可从 Sun 公司的官方主页上免费下载,下载地址为 http://download.java.net/jdk6/。下载后的文件为 jdk-6u18-ea-bin-b01-windows-i586-20_aug_2009.exe。

运行 jdk-6u18-ea-bin-b01-windows-i586-20_aug_2009.exe 软件包,可安装 SDK,在安

装过程中可以设置安装路径及选择组件。默认的安装路径为 C:\Program Files\Java\jdk1.6.0_18,默认的安装程序功能为"开发工具"。

2. WTK 工具包的安装和使用

WTK(J2ME Wireless Toolkit,无线通信工具包)是 Sun 公司提供的一个 MIDP 应用程序开发包,是最常用的 J2ME 开发工具之一。

当前最新的版本为 J2ME WTK 2.5.2,该版本的安装程序可从 Sun 公司的官方主页上免费下载,下载地址为 http://java. sun. com/products/sjwtoolkit/download. html?feed=JSC。该版本包括英语、日语、简体中文、繁体中文 4 个语种包,本书选择简体中文进行下载。下载后的文件为 sun_java_wireless_toolkit-2_5_2-ml-windows. exe。

1) WTK 的安装

安装 J2ME WTK 之前,还需要安装 JDK1.5.0 或者更高版本。这里选用的是 JDK1.6.0。

(1) 双击安装文件,进入 J2ME WTK2.5.2 的安装向导欢迎界面,如图 2-1 所示,单击"下一步"按钮开始安装。

(2) 安装软件会确认许可协议,如图 2-2 所示,单击"接受"按钮,同意许可协议。

(3) 选择 Java 虚拟机的位置,安装程序会自动寻找,然后显示出当前虚拟机所在的路径,如图 2-3 所示。如果没有找到,则提示退出安装程序;如果装有多个虚拟机,单击"浏览"按钮可以手动选择需要的虚拟机。

(4) 选择好虚拟机后,单击"下一步"按钮,选择 J2ME WTK 的安装位置,单击"浏览"按钮更改默认的安装位置。这里选择默认安装位置,如图 2-4 所示。

(5) 单击"下一步"按钮,进入 J2ME WTK 选择程序文件夹的选择界面,如图 2-5 所示。单击"下一步"按钮,直到安装程序复制文件并安装成功。

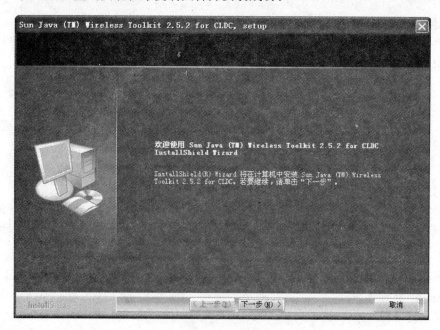

图 2-1　安装向导欢迎界面

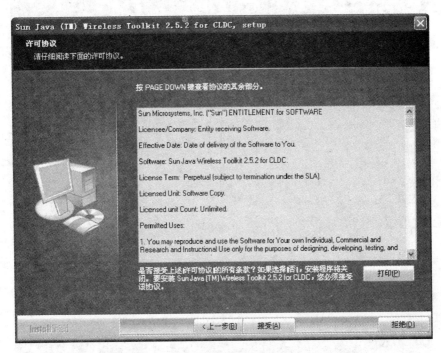

图 2-2 许可协议界面

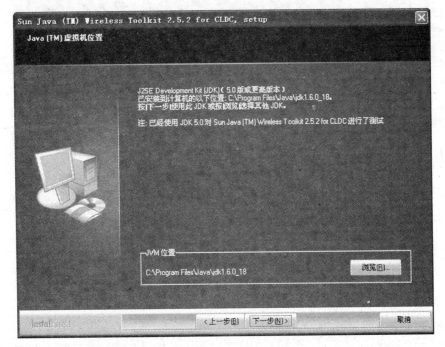

图 2-3 虚拟机位置选择界面

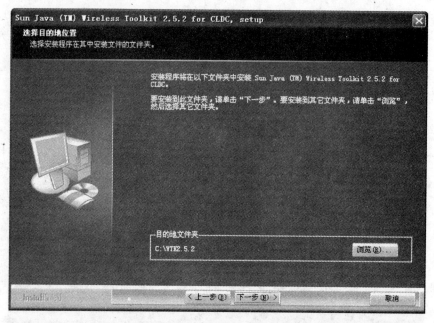

图 2-4　WTK 安装位置选择界面

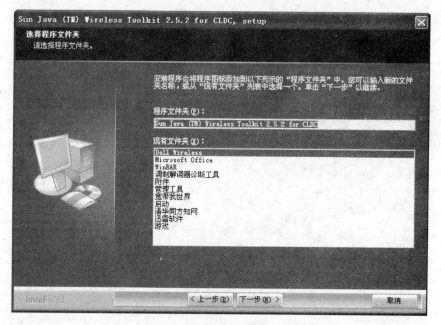

图 2-5　选择程序文件夹界面

2) WTK 的使用

安装完成后,就可以使用 WTK2.5.2 了。首先启动 Wireless Toolkit 2.5.2,选择"开始"→"程序"→Sun Java (TM) Wireless Toolkit 2.5.2 for CLDC→Wireless Toolkit 2.5.2 命令,打开它的主窗口,如图 2-6 所示。

在图 2-6 所示的 Wireless Toolkit 2.5.2 窗口中,菜单和工具栏用于执行各种功能,包括"新建项目","打开项目",应用程序的"设置"、"生成"、"运行"、"清除控制台"等。

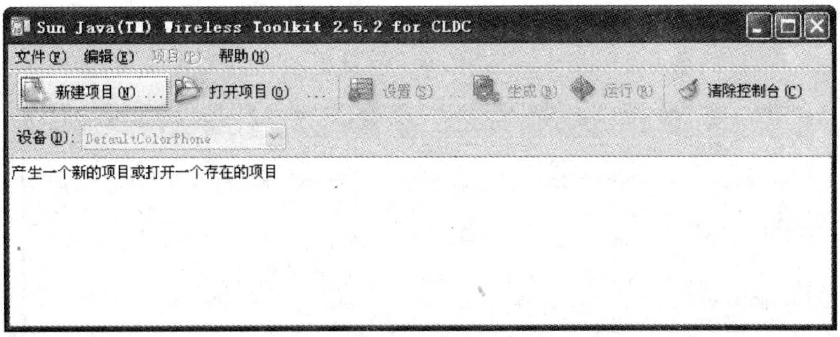

图 2-6　Wireless Toolkit 2.5.2 主窗口

3. 使用 WTK 开发 MIDP 程序

在 Wireless Toolkit 2.5.2 中，单击"新建项目"按钮，弹出"新建项目"对话框，在该对话框中的"项目名字"、"MIDlet 类名"文本框中分别输入工程的名字和类名，例如输入工程名 HelloWorld，并将 MIDlet 类名也设置为 HelloWorld，如图 2-7 所示。

图 2-7　"新建项目"对话框

单击"产生项目"按钮，弹出如图 2-8 所示的对话框。这是该项目的设置表，可以选择当前目标平台，CLDC 配置以及要采用的 MIDP 可选包和附加包。

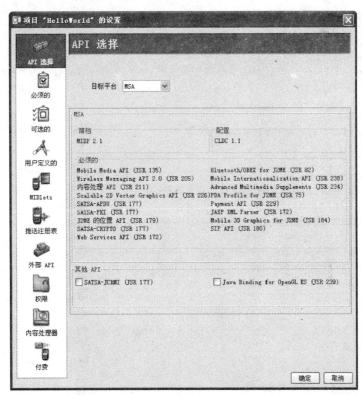

图 2-8　配置应用的 API 属性

单击"确定"按钮确定退出对话框并返回 Wireless Toolkit 2.5.2 主窗口,其标题也随之改变,包含这个项目的名称 HelloWorld,控制台信息提示项目创建成功,如图 2-9 所示。

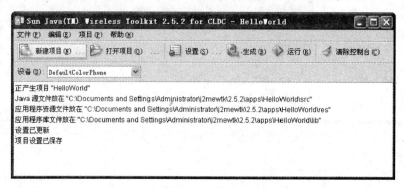

图 2-9　创建新项目成功后的控制台输出

控制台中指出了新项目的源程序、资源和类库文件的位置,在 C:\Documents and Settings\Administrator\j2mewtk\2.5.2\apps\HelloWorld 下生成关于这个项目的目录。

1) 编写 MIDP 程序

MIDP 应用程序也称为 MIDlet。下面编写一个简单的 MIDlet 应用程序,即在手机上显示一个字符串 HelloWorld。

在 apps\HelloWorld\src 目录下,创建 HelloWorld.java 文件,可以使用"记事本"或者 UltraEdit 软件编辑。

程序代码如下:

```java
import javax.microedition.midlet.MIDlet;
import javax.microedition.lcdui. * ;
public class HelloWorld extends MIDlet{
  Display display;

  public HelloWorld(){
    display = Display.getDisplay(this);
  }

  public void startApp(){
    Form form = new Form("First MIDlet");
    form.append("HelloMIDlet");
    display.setCurrent(form);
  }

  public void pauseApp(){
  }

  public void destroyApp(boolean unconditional){
  }
}
```

其中:

(1) midlet 包定义了 MIDlet 类。

(2) lcdui 包提供了用户界面 API,用来显示 MIDP 应用程序的应用界面。

（3）startApp（）方法表明 MIDlet 正在从暂停状态向激活状态转换。

（4）pauseApp（）方法表明当 MIDlet 从激活状态向暂停状态转换时该方法将被调用。

（5）destroyApp（）方法表明 MIDlet 正在被转换成终止状态。

2）编译并运行程序

单击"生成"按钮，对 HelloWorld 进行编译，编译成功后的界面如图 2-10 所示。在编译过程中，控制台会输出一些编译信息，比如编译成功还是出错，对于一般的错误会指出出错位置。

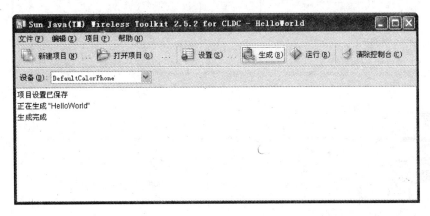

图 2-10　编译成功界面

编译成功后，就可以使用模拟器来运行刚才所建立的项目。WTK 工具包中自带了几个模拟器，在"设备"下拉列表框中可以进行选择。单击"运行"按钮后，出现程序在模拟器中运行的初始界面，如图 2-11 所示。按"启动"软键，程序开始正式运行，如图 2-12 所示。

图 2-11　模拟器初始化界面

图 2-12　J2ME 程序运行界面"HelloMIDlet"

4. MIDP 程序打包

真正在手机中运行的 MIDP 应用都应该是 JAR 文件，因此要将编译后的项目资源文件打包成 JAR 文件包。

要将 MIDlet 程序打包,可选择"项目"→"包"→"产生包"命令,WTK 会把整个程序(包括资源文件)打包成 JAR 文件。打包完成后,控制台会显示 WTK 将 JAR 和 JAD 文件放在何处,在这里,形成的 JAR 文件保存在 C:\Documents and Settings\Administrator\j2mewtk\2.5.2\apps\HelloWorld\bin 目录下,如图 2-13 所示。

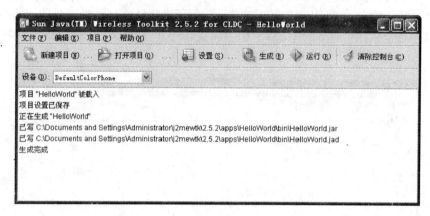

图 2-13　打包生成 JAR 和 JAD 文件

【实验内容与步骤】

(1) JDK 及 WTK 的安装。

(2) 使用 WTK 编写一个简单的 Java 程序。

① 项目的创建。

② 编写 MIDP 程序。

③ MIDP 程序的打包。

(3) 程序调试以及结果分析。

(4) 撰写实验报告。

【思考】

1. WTK 自带模拟器的种类及使用。

2. J2ME 集成开发环境的搭建。

3. MIDlet 应用程序的框架结构。

第3章

高级用户界面实验

【实验目的与要求】

(1) 掌握高级用户界面的界面管理与屏幕(Screen)类。

(2) 掌握屏幕表单组件(Item)。

(3) 掌握信息条(Ticker)类。

(4) 掌握高级事件(Command)类。

【实验环境】

J2ME WTK 无线通信工具包。

【实验涉及的主要知识集】

1. Display 类

Display 类代表了系统显示屏幕和输入设备的管理器。应用程序通过获得 MIDlet 的 Display 类的实例的引用与显示设备进行交互。

每个 MIDlet 有且只有一个 Display 类的实例。每个在屏幕上显示事物的 MIDlet 必须获得它的 Display 类实例的引用，并使用这个实例在屏幕上显示 Displayable 类的实例。

Displayable 类有两个子类：Screen 类和 Canvas 类。Screen 类包括一个名为 Item 类的子类。Item 类有自己的子类，用于显示信息或收集用户的输入(如表单、复选框、单选按钮等)。

下面是 Display 类的使用实例，实现在一个 MIDlet 生命周期中调用 Display 对象。

```
import javax.microedition.midlet.MIDlet;
import javax.microedition.lcdui. * ;

public class Displaytest extends MIDlet {
    private Display display;                //创建 Display 对象
    private TextBox textbox;                //创建 TextBox 对象

    public Displaytest() {
        display = Display.getDisplay(this);
        textbox = new TextBox("Displaytest","显示屏幕对象",150,0);
    }
```

```
public void startApp() {
  display.setCurrent(textbox);
}

public void destroyApp(boolean unconditional) {
}

public void pauseApp() {
}
}
```

在这个例子中声明了以下两个对象：

```
private Display display;
private TextBox textbox;
```

display 对象用于引用设备的 Display 类实例，TextBox 类是从 Screen 派生出来的，而 Screen 类是从 Display 派生出来的，因此 textbox 对象实例也属于 Displayable 类。

2. Screen 类

Screen 类是一个完整的类组件，它管理整个屏幕（负责输入以及显示），属于高级屏幕类。Screen 类本身并没有实现特定的界面与用户交互，它只对高级屏幕类中的通用方法进行定义。Screen 类有 4 个直接子类 TextBox、List、Alert 和 Form，这 4 个子类负责 Screen 类的内容并与用户交互。

1) TextBox 类

TextBox 类继承了 Screen 类，允许用户输入并编辑文本。TextBox 类的构造函数共有 title、text、maxsize 和 constraints 四个参数，定义如下：

```
TextBox(String title, String text, int maxsize, int constraints)
```

其中，title 是在屏幕上显示的屏幕标题；text 是初始化内容，可以赋值为 null，表示 TextBox 类的内容为空；maxsize 为 TextBox 对象所能容纳的最大字符数，是大于 0 的整数；constraints 为输入约束，比如可以限制只能输入数字 0～9 等。

下面是 TextBox 类的使用实例。

```
import javax.microedition.lcdui. * ;
import javax.microedition.midlet. * ;3
public class textboxtest extends MIDlet implements CommandListener {
  private TextBox textbox;
  private Alert alert;
  private Command quit;                 //创建"退出"软键
  private Command go;                   //创建"开始"软键

  public textboxtest() {
    textbox = new TextBox("Enter your Name","girl",20,TextField.ANY);
    go = new Command("Go",Command.SCREEN,2);
    quit = new Command("Quit",Command.EXIT,2);
    textbox.addCommand(go);             //添加"开始"软键
    textbox.addCommand(quit);           //添加"退出"软键
    textbox.setCommandListener(this);   //添加监听事件
```

```
    }

    protected void startApp() {
        Display.getDisplay(this).setCurrent(textbox);//将 textbox 设为当前显示对象
    }

    protected void destroyApp(boolean unconditional) {
    }

    protected void pauseApp() {
    }

    public void commandAction(Command command, Displayable displayable) {
        try{
            if(command == quit){                      //若按"退出"软键,则退出程序
                destroyApp(true);
                notifyDestroyed();
            }
            if(command == go){                        //若按"开始"软键,则显示提示信息
                alert = new Alert("","welcome" + textbox.getString(),null,AlertType.CONFIRMATION);
                Display.getDisplay(this).setCurrent(alert);
            }
        }catch(Exception me){
            System.out.println(me + "caught.");
        }
    }
}
```

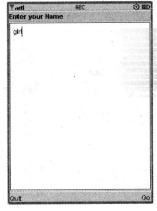

图 3-1　TextBox 实例

这个 MIDlet 程序在开始时会显示一个文本框,输入名字,按 Go 软键会显示文字。运行效果如图 3-1 所示。

2) List 类

List 类的对象即列表对象。在 List 类的对象中可以加入多个文本字符串条目,每个条目还可以带图片。当 List 对象大得超出屏幕时,会自动提供滚动机制(使用上下滚动键滚动)。

List 类定义了如下两个构造函数:

```
List(String title, int listType)
List(String title, int listType, String[]stringElements, Image[]imageElements)
```

其中,title 是在屏幕上显示的屏幕标题;listType 是列表的类型,分为 EXCLUSIVE(单选按钮)、MULTIPLE(复选框)和 IMPLICIT(如果设置 CommandListener,选择操作会立即被通知到应用程序)3 种类型;stringElements 是字符串数组;imageElements 为图像类型数组,图像参数是可选的,即使设置了图像参数,MIDP 实现也有可能为了显示效果加以忽略。

下面是 List 类的使用实例。

```
import javax.microedition.midlet.MIDlet;
import javax.microedition.lcdui.*;
```

```
public class Listtext extends MIDlet implements CommandListener {
private List list;
    private Display display;
    private Command command;

    public Listtext(){                                  //标题,类型
        list = new List("类选择",List.EXCLUSIVE);
        list. append("TextBox", null);                  //添加选项
        list. append("List", null);                     //添加选项
        list. append("Alert", null);                    //添加选项
        list. append("Form", null);                     //添加选项
        command = new Command("OK",Command.OK,1);       //创建 OK 软键
        list. addCommand(command);                      //添加软键
        list. setCommandListener(this);                 //添加监听事件
        display = Display. getDisplay(this);
    }

    protected void startApp() {
        display. setCurrent(list);
    }

    protected void destroyApp(boolean arg0) {
    }

    protected void pauseApp() {
    }

    public void commandAction(Command c, Displayable d) {
        if(c == command){
            int n = list. getSelectedIndex();           //获取选择的编号
            String s = list. getString(n);              //获取编号为 n 的元素标题
            list. isSelected(n);
            Form f = new Form("您选中的类");
            f. append(s);
            this. display. setCurrent(f);
        }
    }
}
```

图 3-2　List 实例

其中,list 是 List 对象,为单选类型,通过 Appand()方法添加了相关选项,当用户选择完成以后按 OK 软键,在另外一个 Form 对象中显示选中的类。运行效果如图 3-2 所示。

多选方式的 List:可以在列表中选中多个项目,代码如下:

```
import javax.microedition.midlet.MIDlet;
import javax.microedition.lcdui. * ;

public class Listtestmul extends MIDlet implements CommandListener {
    private List list;
    private Display display;
```

```
private Command command;

public Listtestmul(){
  list = new List("类选择",List.MULTIPLE);
  list.append("TextBox", null);                    //添加选项
  list.append("List", null);
  list.append("Alert", null);
  list.append("Form", null);
  command = new Command("OK",Command.OK,1);
  list.addCommand(command);
  list.setCommandListener(this);
  display = Display.getDisplay(this);
}

protected void startApp() {
  display.setCurrent(list);
}

protected void destroyApp(boolean arg0) {
}

protected void pauseApp() {
}

public void commandAction(Command c, Displayable d) {
  if(c == command){                               //多选
    Form f = new Form("您选中的类");
    for(int i = 0;i < list.size();i++){
      if(list.isSelected(i)){
        String s = list.getString(i);
        f.append(s);
      }
    }
    this.display.setCurrent(f);
  }
}
}
```

本例与上例基本相同,不同之处在于实例化了一个多选
List:

```
list = new List("类选择",List.MULTIPLE);
```

运行效果如图 3-3 所示。

3) Alert 类

Alert 类用来在设备上显示一个报警屏幕,向用户显示一
个文本字符串,也可以包含图像和声音,一般为一个信息对话
框。当显示报警时,应用程序的用户界面会失去焦点,对话框
可以选择自动定时解除,或者一直保持在屏幕上让用户手动
解除。对话框解除后应用程序会自动切换到下一屏幕。

Alert 对象的 AlertType 用以辅助 Alert 类的使用,可以有

图 3-3 多选 List 实例

AlertType. ALERM，表示警报；AlertType. CONFIRMATION，表示确定；AlertType. ERROR，错误提示；AlertType. INFO，提供信息；AlertType. WARNING，表示警告等5种。

Alert 类定义了如下两个构造函数方法：

```
Alert(String title)
Alert(String title, String alertText, Image alertImage, AlertType alertType)
```

第一个构造函数只需要指定 Alert 的标题，不用设定所有属性；而第二个构造函数需要指定标题、内容、图像和警告类型。

下面是 Alert 类的使用实例。

```
import javax.microedition.midlet.MIDlet;
import javax.microedition.lcdui. * ;

public class Alerttest extends MIDlet implements CommandListener{
    private Display display;
    private Form form;

    public Alerttest() {
        display = Display.getDisplay(this);
    }

    protected void startApp() {
        form = new Form("声音测试");                                    //创建 Form 对象
        form.addCommand(new Command("报警",Command.SCREEN,1));          //添加软键
        form.addCommand(new Command("确认",Command.SCREEN,1));          //添加软键
        form.addCommand(new Command("错误",Command.SCREEN,1));          //添加软键
        form.addCommand(new Command("提供信息",Command.SCREEN,1));      //添加软键
        form.addCommand(new Command("警告",Command.SCREEN,1));          //添加软键
        form.setCommandListener(this);
        display.setCurrent(form);
    }

    protected void destroyApp(boolean unconditional) {
    }

    protected void pauseApp() {
    }

    public void commandAction(Command c,Displayable d){
        String cmd = c.getLabel();
        if(cmd.equals("警报")){                                        //若按"警报"软键
            AlertType.ALARM.playSound(display);
        }else if(cmd.equals("确认")){                                  //若按"确认"软键
            AlertType.CONFIRMATION.playSound(display);
        }else if(cmd.equals("错误")){                                  //若按"错误"软键
            AlertType.ERROR.playSound(display);
        }else if(cmd.equals("提供信息")){                              //若按"提供信息"软键
            AlertType.INFO.playSound(display);
```

```
    }else if(cmd.equals("警告")){                    //若按"警告"软键
        AlertType.WARNING.playSound(display);
    }
  }
}
```

上述实例利用 addCommand()函数在 Alert 类中加入系统菜单项。Alert 类有一个静态成员变量,如果 Alert 类本身没有加入任何 Command,那么 Alert 类就会用这个静态成员作为唯一的系统菜单项。静态成员变量的作用是确保 Alert 类中至少有一个选项可供使用。如果 Alert 类中出现了两个以上的 Command,那么 Alert 类的 Timeout 发生时,画面会跳转回之前的画面。程序的运行效果如图 3-4 所示。

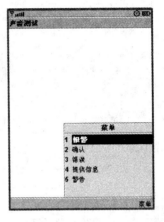

图 3-4 Alert 实例

4) Form 类

Form 类是在屏幕上同时显示其他 Displayable 类的容器。Form 类可以包含以下 8 种组件的任意组合:TextField(文本组件)、StringItem(字符串组件)、ImageItem(图像组件)、DateField(日期组件)、ChoiceGroup(选项集合)、Gauge(标尺)以及 MIDP 2.0 引入的 CustomItem(自定义组件)和 Spacer(占位符)。通常,Item 类的任何子类都可以包含进表单中。

Form 类定义了以下两个构造函数:

```
Form(String title)
Form(String title, Item[] items)
```

第一个构造函数根据指定的标题 title 生成新的 Form 对象,title 可以设置为 null,表示没有标题。使用第二个构造函数生成 Form 对象的同时还可以初始化它所要包含的组件,title 可以设置为 null,表示这个表单没有标题,参数 items 也可以设置为 null,这时与第一个构造函数效果一样。

下面是 Form 类的使用实例。

```
import javax.microedition.midlet.MIDlet;
import javax.microedition.lcdui.*;

public class Formtest extends MIDlet    implements CommandListener{
private Display display;
  private Form form;
  private Command quit;

  public Formtest() {
    display = Display.getDisplay(this);
    quit = new Command("Quit",Command.SCREEN,1);                //创建"退出"软键
    StringItem messages[] = new StringItem[3];
    messages[0] = new StringItem("Form(String title),","创建 Form 对象.");//创建字符串组件
    messages[1] = new StringItem("int append(Image img),","增加图像组件.");//创建字符串组件
    messages[2] = new StringItem("void deleteAll(),","删除所有组件.");    //创建字符串组件
```

```
    form = new Form("Test Forms",messages);
    form.addCommand(quit);
    form.setCommandListener(this);
}

protected void startApp() {
    display.setCurrent(form);
}

protected void destroyApp(boolean arg0) {
}

protected void pauseApp() {
}

public void commandAction(Command c,Displayable d){
    if(c == quit){
        destroyApp(true);
        notifyDestroyed();
    }
}
}
```

上述实例创建了一个 StringItem 实例的数组,然后为数组中的每个元素指定一个 StringItem 实例。当创建 Form 类的实例时,把这个数组作为第二个参数传给构造函数,在 startApp()方法中调用 setCurrent()方法,显示这个 Form 类的实例。

运行效果如图 3-5 所示。

图 3-5　Form 实例

3. Item 类

Item 类的子类对象就是表单(Form)中的组件,作为参数传递给 Form 对象来与用户进行交互。Item 类有 8 个子类: ChoiceGroup、CustomItem、DateField、Gauge、ImageItem、Spacer、StringItem 和 TextField。

1) ChoiceGroup 类

ChoiceGroup 类定义了一组可以放在窗体中的可选元素,ChoiceGroup 类必须依附在 Form 之中才有用。ChoiceGroup 类定义了以下两个构造函数:

```
ChoiceGroup(String label, int choiceType)
ChoiceGroup(String label, int choiceType, String[] stringElements, Image[] imageElements)
```

第一个构造函数根据指定的标签 label 和类型 choiceType 生成新的 ChoiceGroup 对象。第二个构造函数可以根据指定的标签 label、类型 choiceType、初始字符串 stringElements 和图像数组 imageElements 来生成 ChoiceGroup 对象。

2) CustomItem 类

CustomItem 类为开发者提供了设计和实现项级别的窗口小器件的机制。开发者对 CustomItem 对象(像素级别的绘画和内部事件处理)拥有最终控制权,其构造函数定义如下:

```
CustomItem(String label)
```

通过指定的标签 label 创建新的 CustomItem 对象。

3) DateField 类

DateField 类的对象是一种可以放到 Form 对象上的可编辑组件,用来表示日历中的日期和时间信息。DateField 类定义了以下两个构造函数:

```
DateField(String label, int mode)
DateField(String label, int mode, TimeZone timeZone)
```

第一个构造函数根据指定的标签 label 和模式 mode 生成新的 DateField 对象。第二个构造函数可以根据指定的标签 label、模式 mode 和时区 timeZone 来生成 DateField 对象。

4) Gauge 类

Gauge 类的对象是可以放在表单内的条形图显示器,其构造函数定义如下:

```
Gauge(String label, boolean interactive, int maxValue, int initialValue)
```

通过指定的标签 label、是否可更改参数 interactive、交互或非交互标尺的最大数 maxValue 和标尺的初始值 initialValue 创建新的 Gauge 对象。

5) ImageItem 类

ImageItem 类的对象是一种包含 Image 对象引用的图像组件,其构造函数定义如下:

```
ImageItem(String label, Image img, int layout, String altText)
```

通过指定的标签 label、图像 img、布局指示符 layout 和替换用的文本字符串 altText 创建新的 ImageItem 对象。

6) Spacer 类

Spacer 类专门用于在 Form 上加入一些空白间隔。由于它不能与用户交互,因此无法利用 addCommand()或 setDefaultCommand()加入 Command 供其使用,其构造函数定义如下:

```
Spacer(int minWidth, int minHeight)
```

通过最小宽度 minWidth 和最小长度 minHeight 来生成 Spacer 对象。

7) StringItem 类

StringItem 类的对象是一种可以容纳字符串的文本组件项目,用户不能编辑该组件包含的字符串。StringItem 类定义了以下两个构造函数:

```
StringItem(String label, String text)
StringItem(String label, String text, int appearanceMode)
```

第一个构造函数根据指定的标签 label 和内容 text 生成新的 StringItem 对象。第二个构造函数可以根据指定的标签 label、内容 text 和外观类型 appearanceMode 来生成 StringItem 对象。

8) TextField 类

TextField 类的对象是一种可以放入 Form 中可编辑的文本组件。TextField 对象只能在添加到 Form 后才可显示出来，其构造函数定义如下：

```
TextField(String label, String text, int maxSize, int constraints)
```

通过指定的标签 label、初始内容 text、最大尺寸 maxSize 和约束条件 constraints 创建新的 TextField 对象。

下面的实例综合了 Alert、Form 和 Item 类。

```java
import javax.microedition.midlet.MIDlet;
import javax.microedition.lcdui.*;

public class Itemtest extends MIDlet {
  private Display display;
  private Form form;
  private Alert alert;
  private Image image;
  private TextField text1;
  private TextField text2;
  private ChoiceGroup choice;
  private DateField date;
  private Gauge gauge;

  public Itemtest() {
    alert = new Alert("注册页面");
    alert.setTimeout(2000);
    try{
        image = Image.createImage("/menu.png");
    }catch(Exception e){}
    alert.setImage(image);
    form = new Form("个人基本资料");                              //创建表单对象
    text1 = new TextField("姓名","",12,TextField.ANY);           //创建 TextField 组件
    form.append(text1);
    text2 = new TextField("密码","",15,TextField.PASSWORD);      //创建 TextField 组件
    form.append(text2);
    choice = new ChoiceGroup("性别",ChoiceGroup.EXCLUSIVE);      //创建 ChoiceGroup 组件
    choice.append("男",null);
    choice.append("女",null);
    form.append(choice);
    date = new DateField("生日",DateField.DATE);                 //创建 DateField 组件
    form.append(date);
    gauge = new Gauge("年龄",true,50,5000);                      //创建 Gauge 组件
    form.append(gauge);
    display = Display.getDisplay(this);
  }
```

```
protected void startApp(){
    display.setCurrent(alert, form);
}

protected void destroyApp(boolean arg0) {
}

protected void pauseApp(){
}
}
```

运行效果如图 3-6 所示。当选择"日期"选项时，出现日期选择界面，如图 3-7 所示。

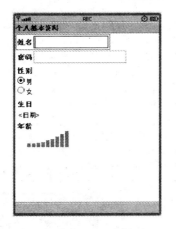

图 3-6　Item 实例

图 3-7　生日选择界面

4. Ticker 类

Ticker 类的对象是一个出现在标题上方的图像组件，可以用来显示滚动信息。Ticker 类可以用在 Screen 和 Displayable 的子类中，其构造函数定义如下：

```
Ticker(String str)
```

通过指定的字符串 str 创建新的 Ticker 对象。

下面是 Ticker 类的使用实例。

```
import javax.microedition.midlet.MIDlet;
import javax.microedition.lcdui. * ;

public class tickertest extends MIDlet implements CommandListener{
    private Display display;
    private Form form;
    private Command start;
    private Command stop;
    private String command;

    public tickertest() {
        display = Display.getDisplay(this);
```

```
            form = new Form("Ticker test");
            start = new Command("开始",Command.OK,1);              //创建"开始"软键
            stop = new Command("退出",Command.STOP,1);             //创建"退出"软键
            form.addCommand(start);
            form.addCommand(stop);
            form.setCommandListener(this);
        }

        protected void startApp(){
            display.setCurrent(form);
        }

        protected void destroyApp(boolean arg0){
        }

        protected void pauseApp() {
        }

        public void commandAction(Command c, Displayable d) {
            command = c.getLabel();
            if(command.equals("开始")){                            //若按"开始"软键,则显示滚动条
                form.setTicker(new Ticker("Ticker test 运行中"));
            }else if(command.equals("退出")){                       //若铵"退出"软键,则显示空
                form.setTicker(null);
            }
        }
    }
```

运行效果如图 3-8 所示。

5. Command 类

Command 类封装了手机常见命令软键的语义信息,它只包含了命令的信息而不是激活命令时实际执行的功能。用户选择该命令对应的操作在 CommandListener 接口中定义,该接口是与屏幕关联的回调对象,其构造函数定义如下:

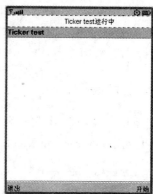

图 3-8　Ticker 实例

```
Command(String label, int commandType, int priority)
Command(String shortLabel, String longLabel, int commandType, int priority)
```

第一个构造函数可以根据指定的标签 label、类型 commandType 和优先级 priority 生成一个 Command 对象。第二个构造函数根据指定的短标签 shortLabel、长标签 longLabel、类型 commandType 和优先级 priority 生成一个软键对象。

下面是 Command 类的使用实例。

```
import javax.microedition.midlet.*;
import javax.microedition.lcdui.*;

public class commandtest extends MIDlet    implements CommandListener{
    private Form form;
```

```
private Display display;
private Command back;
private Command cancel;
private Command exit;
private Command help;
private Command item;
private Command ok;
private Command screen;
private Command stop;

public commandtest() {
    form = new Form("Commandtest");
    back = new Command("Back",Command.BACK, - 1);        //创建 Back 软键
    cancel = new Command("Cancel",Command.CANCEL,1);     //创建 Cancel 软键
    exit = new Command("Exit",Command.EXIT,2);           //创建 Exit 软键
    help = new Command("Help",Command.HELP,1);           //创建 Help 软键
    item = new Command("Item",Command.ITEM,2);           //创建 Item 软键
    ok = new Command("OK",Command.OK,3);                 //创建 OK 软键
    screen = new Command("Screen",Command.SCREEN,3);     //创建 Screen 软键
    stop = new Command("Stop",Command.STOP,1);           //创建 Stop 软键
    form.addCommand(back);
    form.addCommand(cancel);                             //添加软键
    form.addCommand(exit);
    form.addCommand(help);
    form.addCommand(item);
    form.addCommand(ok);
    form.addCommand(screen);
    form.addCommand(stop);
    form.setCommandListener(this);
    display = Display.getDisplay(this);
}

public void showScreen(String c){
    Form f = new Form("show command");
    f.append(c);
    f.addCommand(exit);
    f.setCommandListener(this);
    display.setCurrent(f);
}

protected void startApp(){
    display.setCurrent(form);
}

protected void destroyApp(boolean arg0){
}
protected void pauseApp() {
    display.setCurrent(null);
    form = null;
}
```

```
public void commandAction(Command command,Displayable displayable){
    if(command == exit){                                    //若按 Exit 软键,则退出
        destroyApp(false);
        notifyDestroyed();
    }else if(command == back){                              //若按 Back 软键,则显示 back
        showScreen("back");
    }else if(command == cancel){                            //若按 Cancel 软键,则显示 cancel
        showScreen("cancel");
    }else if(command == exit){                              //若按 Exit 软键,则显示 exit
        showScreen("exit");
    }else if(command == help){                              //若按 Help 软键,则显示 help
        showScreen("help");
    }else if(command == item){                              //若按 Item 软键,则显示 item
        showScreen("item");
    }else if(command == ok){                                //若按 OK 软键,则显示 ok
        showScreen("ok");
    }else if(command == screen){                            //若按 Screen 软键,则显示 screen
        showScreen("screen");
    }else if(command == stop){                              //若按 Stop 软键,则显示 stop
        showScreen("stop");
    }
  }
}
```

上述程序定义了 8 个软键。若 commondAction()方法连接到这 8 个软键,则进行相应处理,将这几个软键输出。showScreen()方法会产生一个新的表单对象,作为当前的屏幕,并把获取的软键显示在屏幕中。运行效果如图 3-9 所示。

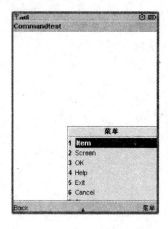

图 3-9　Command 实例

【实验内容与步骤】

(1) 使用 Display 类制作用户界面。

① 显示当前对象。

② 设置当前显示对象。

③ 获取对象颜色与样式信息。

（2）使用 Screen 类制作高级屏幕。

① 输入和编辑文本。

② 显示列表。

③ 提醒功能的实现。

④ 屏幕表单的制作。

（3）使用 Item 类制作屏幕表单组件。

① 选项组件的实现。

② 日期组件的实现。

③ 指示器组件的实现。

④ 图像组件的实现。

⑤ 空格组件的实现。

⑥ 字符串组件的实现。

⑦ 可编辑文本组件的实现。

（4）使用 Ticker 类制作滚动条。

（5）使用 Command 类实现用户界面事件。

（6）程序调试以及结果分析。

（7）撰写实验报告。

【思考】

1. 用户等待过程中（例如互联网）如何表明过程的进度。

2. 如何使用高级用户界面实现多屏幕导航。

第4章

低级用户界面实验

【实验目的与要求】

(1) 掌握 Canvas 类实现游戏线程。

(2) 掌握低级事件的处理。

(3) 掌握游戏进度的存取。

【实验环境】

J2ME WTK 无线通信工具包。

【实验涉及的主要知识集】

1. Canvas 类

J2ME 中的低级 API 包括两个部分：一个是 Canvas(画布)类，在 Canvas 类上，可以进行图形操作，同时它也是低级事件的接收者；另一个是 Graphics 类，它可以用来提供文本和图像，并且能够实现图形的绘制与填充。

Canvas 类是低级用户界面的画布，所有的图形图像绘画和用户交互都由这个类来负责。

1) Canvas 的布局

画布被划分成一个虚拟网格，在网格中，每个单元格代表一个像素，使用坐标标记一个单元格的行和列。x 坐标代表列，y 坐标代表行，网格左上角的第一个单元格的坐标位置是(0,0)。

屏幕上能够实际用于绘制的区域因设备的不同而有所不同。因此可以通过调用 getWidth()和 getHeight()方法来获得画布的具体尺寸，如图 4-1 所示。

2) 绘制屏幕和重绘屏幕

当调用 Displayable 类的 paint()方法时，就可以在画布上绘制利用图形环境创建的图像，称为绘制屏幕。paint()方法是一个抽象方法，应用程序必须实现这个方法才能绘制图形。如果没有实现这个方法，应用程序将不被编译。

paint()方法需要一个参数，即应用程序创建的 Graphics 类的实例引用。下面是在一个画布上绘制矩形的 paint()方法。drawRect()方法的前两个参数指定了矩形左上角的单元格，后两个参数指定了矩形的宽和高。

```
protected void paint(Graphics g){
  g.drawRect(6, 6, 30, 20)
}
```

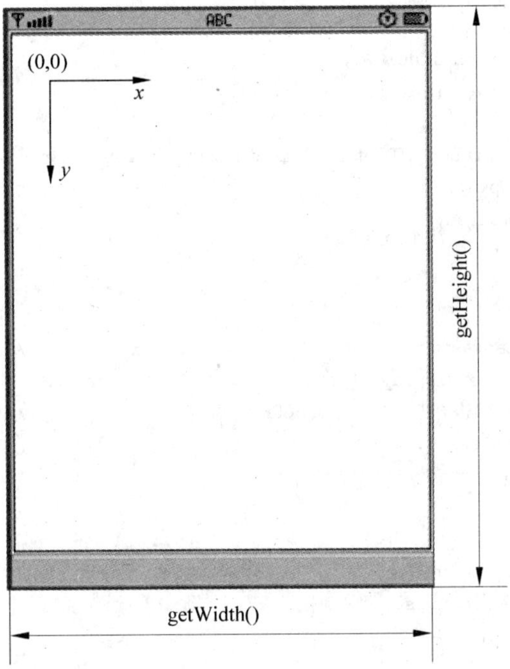

图 4-1　Canvas 画布布局

在程序中通过使用 repaint()方法来重绘屏幕或者屏幕中的一部分。调用 repaint()方法,只重绘 repaint 指定的区域和 paint()方法中 Graphics 对象指定的绘图区域的交集部分。

3) 显示和隐藏事件

在应用程序管理器显示画布之前,设备的应用程序管理器应该立即调用 showNotify()方法。Canvas 类中的这个方法的默认实现为空,其子类可以重载这个方法,用于在 Canvas 显示之前重新初始化一些内容,如动画、启动计时器的设置等。

在屏幕上删除画布之后,应用程序管理器应调用 hideNotify()方法。这个方法默认实现同样为空,Canvas 的子类可以重载这个方法,用来执行 Canvas 隐藏之后的动作,比如销毁对象,或者进行垃圾回收。

2. 用户交互

在低层 J2ME 应用程序中,有两种技术可以用于接收用户输入。一种技术是创建一个或多个 Command 类的实例。另一种技术是使用底层用户输入组件生成底层用户事件,这些组件包括按键事件、游戏操作和指针事件。

1) 按键事件

当用户在移动电话设备上按键时,程序会接收到软键事件。每一个软键都会被分配一个键码(keycode)。

处理软键事件会采用以下 3 种方法。

```
protected void keyPressed( int keyCode)                //当软键按下时调用
protected void keyReleased( int keyCode)               //当软键释放时调用
protected void keyRepeated( int keyCode)               //当软键重复时调用
```

下面是软键事件的使用实例。

```java
import javax.microedition.lcdui.*;
import javax.microedition.midlet.*;

public class keytest extends MIDlet implements CommandListener{
  private Display display;
  private keyCanvas canvas;
  private Command exit;

  public keytest() {
    canvas = new keyCanvas();                        //创建 keyCanvas 对象
    display = Display.getDisplay(this);
    exit = new Command("退出", Command.SCREEN, 1);     //创建"退出"软键
    canvas.addCommand(exit);                         //添加"退出"软键
    canvas.setCommandListener(this);
  }

  protected void startApp(){
    display.setCurrent(canvas);
  }

  protected void destroyApp(boolean unconditional){
  }

  protected void pauseApp() {
  }
  public void commandAction(Command cmd, Displayable disp) {
    if(cmd == exit){
      destroyApp(false);
      notifyDestroyed();
    }
  }
}
```

```java
import javax.microedition.lcdui.*;
import javax.microedition.midlet.*;

public class keyCanvas extends Canvas{
  public String dircetion;

  public keyCanvas(){
    dircetion = "2 = up,8 = down,4 = left,6 = right";
  }

  public void paint(Graphics g){
    g.setColor(255,255,255);                         //设置屏幕颜色
    g.fillRect(0,0,getWidth(),getHeight());          //填充屏幕
    g.setColor(255,0,0);                             //设置字符串颜色
    g.drawString(dircetion, 0, 0, Graphics.TOP|Graphics.LEFT);  //绘制字符串
```

```
    }

    protected void keyPressed(int keyCode){
        switch(keyCode){                              //若按 2 键,则显示"up"
            case KEY_NUM2:
                dircetion = "up";
                break;
            case KEY_NUM8:                            //若按 8 键,则显示"down"
                dircetion = "down";
                break;
            case KEY_NUM4:                            //若按 4 键,则显示"left"
                dircetion = "left";
                break;
            case KEY_NUM6:                            //若按 6 键,则显示"right"
                dircetion = "right";
                break;
        }
        repaint();
    }
}
```

Canvas 类中定义的 keyPressed()方法,作用是当用户按下一个软键时,设备的应用程序管理器会调用 keyPressed()方法,把软键编码传给 keyPressed()方法进行处理。在本实例中,使用 switch 语句将输入的软键编码与 MIDlet 辨识的方向软键进行比较。如果输入的软键编码与编码常量匹配,则将所选方向的文本赋值给字符串 direction,然后调用 repaint()方法。repaint()方法调用 paint()方法,刷新画布,并在画布上显示字符串 direction 的值。运行效果如图 4-2 所示。

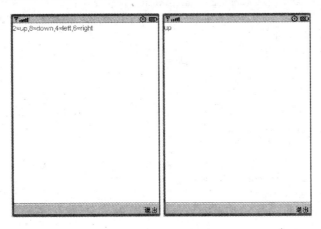

图 4-2　事件操作实例

2)游戏操作

如果程序需要使用方向键等与游戏有关的事件,则可以使用游戏动作来代替键码。游戏动作与键码的映射要根据实际情况定义。例如在某些设备上,游戏动作 UP、DOWN、LEFT 和 RIGHT 可能被映射到 4 个导航键上,或被映射到某些数字键上。程序可以使用 getGameAction()方法将键码转换为游戏动作,从而增强程序的可移植性。

下面是游戏操作的使用实例。

```java
import javax.microedition.lcdui.*;
import javax.microedition.midlet.*;

public class GameActiontest extends MIDlet implements CommandListener{
    private Display display;
    private GameCanvas canvas;
    private Command exit;

    public GameActiontest() {
        display = Display.getDisplay(this);
        canvas = new GameCanvas();                          //创建 GameCanvas 对象
        exit = new Command("退出", Command.SCREEN, 1);       //创建"退出"软键
        canvas.addCommand(exit);                            //添加"退出"软键
        canvas.setCommandListener(this);
    }

    protected void startApp(){
        display.setCurrent(canvas);
    }

    protected void destroyApp(boolean arg0){
    }

    protected void pauseApp() {
    }

    public void commandAction(Command cmd, Displayable disp) {
        if(cmd == exit){                                    //若按"退出"软键,则退出
            destroyApp(false);
            notifyDestroyed();
        }
    }
}

import javax.microedition.lcdui.*;
import javax.microedition.midlet.*;

public class GameCanvas extends Canvas{
    public String message;
    private int x,y;

    public GameCanvas(){
        x = 5;
        y = 100;
        message = "Use Game Key";
    }

    public void paint(Graphics g){
        g.setColor(255,255,255);                            //设置屏幕颜色
```

```
        g.fillRect(0,0,getWidth(),getHeight());              //绘制屏幕
        g.setColor(255,0,0);                                 //设置字符串颜色
        g.drawString(message, x, y, Graphics.TOP|Graphics.LEFT);  //在指定位置绘制字符串
    }

    protected void keyPressed(int keyCode){
        switch(getGameAction(keyCode)){
            case Canvas.UP:                                  //若按上键,则显示"up"
                message = "up";
                y--;
                break;
            case Canvas.DOWN:                                //若按下键,则显示"down"
                message = "down";
                y++;
                break;
            case Canvas.LEFT:                                //若按左键,则显示"left"
                message = "left";
                x--;
                break;
            case Canvas.RIGHT:                               //若按右键,则显示"right"
                message = "right";
                x++;
                break;
            case Canvas.FIRE:                                //若按确定键,则显示"fire"
                message = "fire";
                x++;
                y++;
                break;
        }
        repaint();                                           //重绘屏幕
    }
}
```

本实例的操作几乎都发生在 GameCanvas 类中。其中,x 和 y 是用来在画布上放置文本的坐标,是设备绘制文本的单元格,这段文本在构造函数中被赋值给变量 message。在画布上使用 paint()方法擦掉图像,然后重绘名为 message 的字符串。程序中调用 keyPressed()方法处理游戏操作软键,并使用 switch 语句比较输入的软键编码值和常量。调用 getGameAction()方法获得用户所选择的软键。最后调用 repaint()方法刷新画布,并在画布上绘制新文本。运行效果如图 4-3 所示。

3) 指针事件

对于触摸屏而言,指针可以是接触屏的任何物体,通常是一支输入笔。指针事件共有 3 种类型:指针接触事件、指针释放事件和指针拖动事件。因此,指针事件会采用以下 3 种方法。

```
protected void pointerPressed(int x,int y)               //当指针按下时调用
protected void pointerReleased(int x,int y)              //当指针释放时调用
protected void pointerDragged(int x,int y)              //当指针拖动时调用
```

参数 x 和 y 分别是和 Canvas 相对应的指针位置。应用程序如果要使用指针事件,就必须重载和实现以上方法。

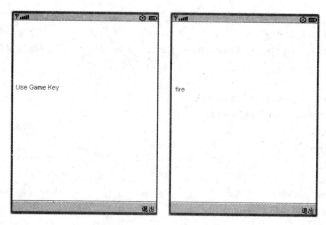

图 4-3　游戏操作实例

下面是指针事件的使用实例。

```java
import javax.microedition.midlet.*;
import javax.microedition.lcdui.*;

public class pointertest extends MIDlet {
  private Display display;
  private PointerCanvas  canvas;

  public pointertest() {
    display = Display.getDisplay(this);
    canvas = new PointerCanvas(this);
  }

  public void startApp () {
    display.setCurrent(canvas);
  }

  public void pauseApp() {
  }

  public void destroyApp (boolean unconditional) {
  }

  class PointerCanvas extends Canvas implements CommandListener {
    private Command exit;
    private Command erase;
    public boolean eraseFlag = false;
    public boolean isFirstPaint;
    public int mX = 0, mY = 0, nX = 0, nY = 0;
    private pointertest point;

    public PointerCanvas(pointertest point) {
      this.point = point;
      exit = new Command("退出", Command.EXIT, 1);
```

```
        erase = new Command("擦除", Command.SCREEN, 1);
        addCommand(exit);
        addCommand(erase);
        setCommandListener(this);
        isFirstPaint = true;
    }

    protected void paint(Graphics g) {
        if(eraseFlag||isFirstPaint){
            g.setColor(255,255,255);                    //设置屏幕颜色
            g.fillRect(0,0,getWidth(),getHeight());     //绘制屏幕
            eraseFlag = isFirstPaint = false;
            mX = 0;
            mY = 0;
            nX = 0;
            nY = 0;
            return;
        }
        g.setColor(0, 0, 0);                            //设置颜色
        g.drawLine(mX, mY, nX, nY);                     //绘制直线
        mX = mY;
        nX = nY;
    }

    public void commandAction (Command c, Displayable s) {
        if(c == exit) {
            destroyApp(false);
            notifyDestroyed();
        }else if(c == erase){
            eraseFlag = true;
            repaint();
        }
    }

    protected void pointerPressed(int x,int y){
        mX = x;
        mY = y;
    }

    protected void pointerDragged(int x,int y){
        nX = x;
        nY = y;
        repaint();
    }
  }
}
```

在这个实例中，每当指针事件发生时，MIDlet 就会根据传给相应的指针事件方法的坐标重新绘制直线。

3. Graphics 类

Graphics 类可以提供简单的二维几何绘图功能，可在 Canvas 或 Image 上画线、矩形、

圆弧、文本和图像。

下面是 Graphics 的使用实例。

```java
import javax.microedition.lcdui.*;
import javax.microedition.midlet.*;

public class Graphicstest extends MIDlet implements CommandListener {
    private Command exit;
    private Command command0,command1,command2,command3,command4,command5;
    //添加多个 Command 对象
    private GraphicsCanvas canvas;

    public Graphicstest() {                          //在构造方法中创建 Command 对象
        exit = new Command("退出",Command.EXIT,2);
        command0 = new Command("坐标系统变换",Command.SCREEN,2);
        command1 = new Command("对其演示",Command.SCREEN,3);
        command2 = new Command("弧线与填充",Command.SCREEN,3);
        command3 = new Command("扇形图",Command.SCREEN,3);
        command4 = new Command("线条演示",Command.SCREEN,3);
        command5 = new Command("图片显示",Command.SCREEN,3);
        canvas = new GraphicsCanvas();
        canvas.addCommand(exit);
        canvas.addCommand(command0);
        canvas.addCommand(command1);
        canvas.addCommand(command2);
        canvas.addCommand(command3);
        canvas.addCommand(command4);
        canvas.addCommand(command5);
        canvas.setCommandListener(this);
    }

    protected void startApp(){
        Display.getDisplay(this).setCurrent(canvas);
    }

    protected void destroyApp(boolean arg0){
    }

    protected void pauseApp() {
    }

    public void commandAction(Command c,Displayable d){      //处理命令事件
        if(c == exit){
            destroyApp(false);
            notifyDestroyed();
        }else if(c == command0){
            canvas.testtype = 0;
            canvas.textshow = "坐标系统变换";
            canvas.repaint();
        }else if(c == command1){
            canvas.testtype = 1;
            canvas.textshow = "对齐演示";
```

```
      canvas.repaint();
    }else if(c == command2){
      canvas.testtype = 2;
      canvas.textshow = "弧线与填充";
      canvas.repaint();
    }else if(c == command3){
      canvas.testtype = 3;
      canvas.textshow = "扇形图";
      canvas.repaint();
    }else if(c == command4){
      canvas.testtype = 4;
      canvas.textshow = "线条演示";
      canvas.repaint();
    }else if(c == command5){
      canvas.testtype = 5;
      canvas.textshow = "图片演示";
      canvas.repaint();
    }
}

public class GraphicsCanvas extends Canvas{
  public String textshow = "坐标系统变换";
  public int testtype = 0;
  Image image;

  public GraphicsCanvas(){
    loadImage();
  }

  public void loadImage(){
    try{                                        //装入 png 图片
      image = Image.createImage("/leaf.png");
    }catch(Exception e){}
  }

  public void paint(Graphics g){
    g.setColor(0xffffff);
    g.fillRect(0, 0, getWidth(), getHeight());
    g.setColor(0x000000);
    g.drawString(textshow, 0, 0, Graphics.TOP|Graphics.LEFT);
    if(0 == testtype){
      drawType0(g);
    }else if(1 == testtype){
      drawType1(g);
    }else if(2 == testtype){
      drawType2(g);
    }else if(3 == testtype){
      drawType3(g);
    }else if(4 == testtype){
      drawType4(g);
    }else if(5 == testtype){
      drawType5(g);
```

```java
        }
    }

    public void drawType0(Graphics g){                  //坐标系统变换
        g.setColor(0xFFFFFF);
        g.fillRect(0, 0, getWidth(), getHeight());
        g.setColor(0x00FF0000);
        for(int i = 0;i < 6;i++){
            g.fillRect(0, 0, getWidth()/6, getHeight()/6);
            g.translate(getWidth()/6, getHeight()/6);
            System.out.println("原点坐标" + g.getTranslateX() + "," + g.getTranslateY());
        }
    }

    public void drawType1(Graphics g){                  //对齐演示
        g.setColor(0x0000FF);
        g.drawLine(getWidth()/2,0, getWidth()/2, getHeight());
        g.drawLine(0, getHeight()/2, getWidth(), getHeight()/2);
        g.setColor(0x000000);
        g.drawString("TOP_LEFT", getWidth()/2, getHeight()/2, Graphics.TOP|Graphics.LEFT);
        g.drawString("BOTTOM_LEFT", getWidth()/2, getHeight()/2,Graphics.BOTTOM|Graphics.LEFT);
        g.drawString("TOP_RIGHT", getWidth()/2, getHeight()/2, Graphics.TOP|Graphics.RIGHT);
        g.drawString("BOTTOM_RIGHT", getWidth()/2, getHeight()/2,
                    Graphics.BOTTOM|Graphics.RIGHT);
    }

    public void drawType2(Graphics g){                  //弧线与填充演示
        g.setColor(0x00FF0000);                         //弧线设置为红色
        g.drawArc(20, 30, 30, 30, 0, -90);
        g.drawArc(55, 30, 30, 30, 0, 180);
        g.drawArc(90, 30, 30, 30, 0, 360);
        g.setColor(0x0000FF);                           //填充设置为蓝色
        g.fillArc(20, 65, 30, 30, 0, -90);
        g.fillArc(55, 65, 30, 30, 0, 180);
        g.fillArc(90, 65, 30, 30, 0, 360);
    }

    public void drawType3(Graphics g){                  //扇形图演示
        g.setColor(0x0000FF);                           //填充设置为蓝色
        g.fillArc(40, 40, 110, 110, 0, 120);
        g.setColor(0x00FF0000);                         //填充设置为红色
        g.fillArc(40, 40, 110, 110, 120, 120);
        g.setColor(0x0000FF00);                         //填充设置为绿色
        g.fillArc(40, 40, 110, 110, 240, 120);
    }

    public void drawType4(Graphics g){                  //线条演示
        g.setStrokeStyle(Graphics.SOLID);               //线条设置为实线
        g.setColor(0x0000FF);                           //线条设置为蓝色
        g.drawLine(2, 30, 30, 50);
        g.drawLine(30, 50, 60, 30);
```

```
        g.drawLine(60, 30, 90, 80);
        g.drawLine(90, 80, 110, 60);
        g.setStrokeStyle(Graphics.DOTTED);            //线条设置为虚线
        g.setColor(0x00FF0000);                       //线条设置为红色
        g.drawLine(2, 50, 30, 40);
        g.drawLine(30, 40, 60, 60);
        g.drawLine(60, 60, 90, 20);
        g.drawLine(90, 20, 110, 50);
    }

    public void drawType5(Graphics g){                //图片演示
        if(null! = image){
            g.drawImage(image, getWidth()/2, getHeight()/2, Graphics.VCENTER|Graphics.
HCENTER);
            //图片居中显示
        }
    }
}
}
```

这个实例综合了大量绘制手机屏幕的方法。在 CommandAction()方法中调用 canvas. repaint()方法来进行手机屏幕的重新绘制,也可以调用 repaint(int x,int y,int width,int height)方法通知系统调用 paint()方法;在 paint()方法中 Graphics 对象的绘图区域应该至少包括 repaint 指定的区域。运行效果如图 4-4 所示。

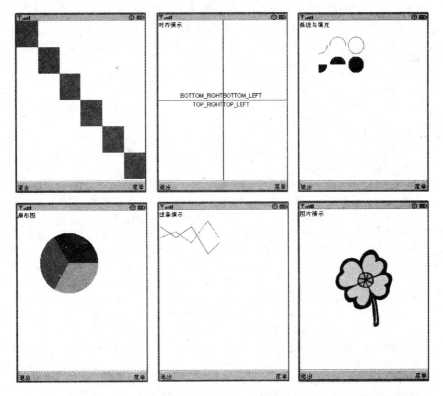

图 4-4　Graphics 类实例

4. Font 类

Font 类用于表示字体的属性。应用程序无法创建字体，作为替代可以根据属性（如大小、外观和样式等）请求字体，然后返回与请求字体最接近的字体。Font 类中定义了一系列方法来设置或取得字体属性的值。

下面是 Font 类的使用实例。

```java
import javax.microedition.lcdui.*;
import javax.microedition.midlet.*;

public class Fonttest extends MIDlet {
    private Canvas canvas;
    private Display display;

    public Fonttest() {
    }

    protected void startApp() {
        canvas = new FontCanvas();
        display = Display.getDisplay(this);
        display.setCurrent(canvas);
    }

    protected void destroyApp(boolean unconditional) {
    }

    protected void pauseApp() {
    }

class FontCanvas extends Canvas{
    public void paint(Graphics g){
        g.setColor(0xFFFFFF);
        g.fillRect(0, 0, getWidth(), getHeight());              //屏幕填充为白色
        g.setColor(0x0000FF);
        g.setFont(Font.getFont(Font.FACE_SYSTEM, Font.STYLE_PLAIN, Font.SIZE_LARGE));
        g.drawString("System Font", 0, 0, Graphics.TOP|Graphics.LEFT);      //绘制字符串
        g.setFont(Font.getFont(Font.FACE_SYSTEM, Font.STYLE_PLAIN, Font.SIZE_MEDIUM));
        g.drawString("Medium Size", 0, 15, Graphics.TOP|Graphics.LEFT);    //绘制字符串
        g.setFont(Font.getFont(Font.FACE_SYSTEM, Font.STYLE_BOLD, Font.SIZE_MEDIUM));
        g.drawString("Bold Style", 0, 30, Graphics.TOP|Graphics.LEFT);    //绘制字符串
        g.setFont(Font.getFont(Font.FACE_SYSTEM, Font.STYLE_ITALIC, Font.SIZE_MEDIUM));
        g.drawString("Italic Style", 0, 45, Graphics.TOP|Graphics.LEFT);    //绘制字符串
        g.setFont(Font.getFont(Font.FACE_SYSTEM, Font.STYLE_UNDERLINED,
                    Font.SIZE_MEDIUM));
        g.drawString("Underlined Style", 0, 60, Graphics.TOP|Graphics.LEFT);    //绘制字符串
        g.setColor(0x000000);
        int height = 75;
        g.drawString("My J2ME", 90, height, 0);    //绘制字符串
        height += g.getFont().getHeight();
```

```
g.setFont(Font.getFont(Font.FACE_MONOSPACE, Font.STYLE_PLAIN,Font.SIZE_LARGE));
g.drawString("My J2ME", 90, height, Graphics.TOP|Graphics.LEFT);   //绘制字符串
height += g.getFont().getHeight();
g.setFont(Font.getFont(Font.FACE_MONOSPACE, Font.STYLE_ITALIC,Font.SIZE_LARGE));
g.drawString("My J2ME", 90, height, Graphics.TOP|Graphics.LEFT);   //绘制字符串
height += g.getFont().getHeight();
g.setFont(Font.getFont(Font.FACE_PROPORTIONAL, Font.STYLE_BOLD,Font.SIZE_LARGE));
g.drawString("My J2ME", 90, height, Graphics.TOP|Graphics.LEFT);   //绘制字符串
height += g.getFont().getHeight();
g.setFont(Font.getFont(Font.FONT_STATIC_TEXT));
g.drawString("My J2ME", 90, height, Graphics.TOP|Graphics.LEFT);   //绘制字符串
height += g.getFont().getHeight();
g.setFont(Font.getFont(Font.FONT_INPUT_TEXT));
   }
  }
 }
```

　　这个实例在一个 Canvas 上绘制不同字体的字符串，在
Canvas 子类的 paint()方法中定义不同字体，并将文本的不
同字体绘制在屏幕上。运行效果如图 4-5 所示。

5．游戏进度存取

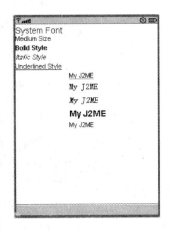

　　当进行中的游戏被中断时，为了下次能够继续游戏，就有
必要保存当前的游戏进度。对于得分类的游戏，由于用户需
要比较每次游戏的得分，就需要存储每次游戏的分数。这些
游戏都需要对数据进行存取。

　　游戏进度存取包括数据库的访问、记录的基本处理、记录
的高级处理和游戏中数据的存储。下面是游戏中的两个典型
案例。

图 4-5　Font 类实例

1）游戏中保存最高分

　　在游戏中多个玩家进行游戏的时候要在手机中存储最高分数，即使手机关机仍能永久
保存这个信息，实例代码如下：

```
import javax.microedition.lcdui.*;
import javax.microedition.midlet.*;
import javax.microedition.rms.*;
import java.io.*;

public class RecordStoretest extends MIDlet {
  private RecordStore rs;
  private String dbname;
  private Form f;
  private String pn;                        //玩家姓名
  private int re;                           //玩家得分
  private Display display;

  public RecordStoretest() {
```

```
            super();
            display = Display.getDisplay(this);
        }

    protected void startApp() {
        re = 30;                                    //假设玩家得分为 30 分
        pn = "PlayerNname";                         //玩家的姓名
        dbname = "DataBaseName";                    //数据库名
        f = new Form("RS Test");
        rs = openRSAnyway(dbname);
        if(rs == null){
            f.append("打开失败");
        }clsc{
            try{
                if(rs.getNumRecords() == 0){    //如果数据库中没有数据则增加数据
                    add("player",30);
                    f.append("数据库为空,添加本次的数据");
                }else{
                    if(matches()){    //如果玩家得分为最高分则修改数据库
                        if(save(pn,re)){
                            f.append("本次修改数据成功!\n");
                            f.append("修改数据为: \n");
                            f.append("玩家姓名为: " + pn + "\n");
                            f.append("得分为: " + re);
                        }
                    }else{    //如果玩家得分不是最高分则显示得分不保存数据
                        f.append("本次得分为: " + re + "\n");
                        f.append("小于数据库中的数据,不覆盖数据库中数据!");
                    }
                }
                rs.closeRecordStore();
            }catch(Exception e){}
        }
        display.setCurrent(f);
    }

    protected void destroyApp(boolean arg0) {
    }

    protected void pauseApp() {
    }

    public RecordStore openRSAnyway(String db){
        RecordStore rs = null;
        if(db.length()> 32){
            return null;
        }
        try{
            rs = RecordStore.openRecordStore(db, true);
            return rs;
        }catch(Exception e){
```

```
      return null;
    }
}


public boolean add(String playername,int score){              //在数据库中增加一条记录
    boolean ok = false;
    ByteArrayOutputStream bo = new ByteArrayOutputStream();   //生成字节输出流
    DataOutputStream doSteam = new DataOutputStream(bo);      //数据输出流
    try{
        doSteam.writeUTF(playername);                        //写入玩家姓名
        doSteam.writeInt(score);                             //写入玩家得分
        byte data[] = bo.toByteArray();
        rs.addRecord(data, 0, data.length);                  //保存记录数据
        doSteam.close();
        ok = true;
    }catch(Exception e){
        e.printStackTrace();
        ok = false;
    }
    return ok;
}


public boolean matches(){    //本次玩家的分数和数据库中的数据比较
    boolean ok = false;
    try{
        byte[] data = rs.getRecord(1);                       //取得最高分数据
        DataInputStream doSteam = new DataInputStream(new ByteArrayInputStream(data));
                                                             //数据输入流
        String Name = doSteam.readUTF();                     //读取玩家姓名
        int Record = doSteam.readInt();                      //读取玩家得分
        if(Record < re){                                     //得分比较
            ok = true;
        }
        doSteam.close();
    }catch(Exception e){
        e.printStackTrace();
        ok = false;
    }
    return ok;
}


public boolean save(String playername,int score){             //在数据库中保存数据
    boolean ok = false;
    ByteArrayOutputStream bo = new ByteArrayOutputStream();   //生成字节输出流
    DataOutputStream doSteam = new DataOutputStream(bo);      //数据输出流
    try{
        doSteam.writeUTF(playername);                        //写入玩家姓名
        doSteam.writeInt(score);                             //写入玩家得分
        byte data[] = bo.toByteArray();
        rs.setRecord(1, data, 0, data.length);               //保存记录数据
        doSteam.close();
```

```
        ok = true;
      }catch(Exception e){
        ok = false;
        e.printStackTrace();
      }
      return ok;
    }
  }
```

本例实现了在游戏中玩家最高分的保存。首先判断数据库中是否有数据,如果没有就在数据库中增加一条记录,否则判断是否是最高分,如果是最高分则覆盖数据库中的数据,如果不是最高分则不保存数据。当第一次运行该程序时数据库为空,因此增加一条记录,运行效果如图4-6所示。第二次运行该程序时,数据库中已有本条记录,因此不保存记录,运行效果如图4-7所示。如果玩家得分大于数据库中的记录,则保存该记录,运行效果如图4-8所示。

图 4-6   第一次运行后效果

图 4-7   第二次运行后效果

图 4-8   第三次运行后效果

2) 游戏中的数据存取

游戏中经常会出现"高分榜"这样的菜单,比如游戏中会列出前 3 名的玩家姓名及分数信息。下面实例说明了在新的记录产生后列出前 3 名的成绩,代码如下:

```java
import javax.microedition.lcdui. * ;
import javax.microedition.midlet. * ;
import javax.microedition.rms. * ;
import java.io. * ;
import java.util.Random;

public class SaveGameDate extends MIDlet {
  private RecordStore rs;
  private String dbname;
  private Form f;
  private Display display;
  public SaveGameDate() {
    super();
    display = Display.getDisplay(this);
```

```
    }

    protected void startApp() {
        dbname = "db";                                          //数据库名
        f = new Form("游戏高分榜");
        rs = openRSAnyway(dbname);
        if(rs = = null){
            f.append("打开失败");
        }else{
            try{
                addData();
                sortData(f);
                rs.closeRecordStore();
                deleteRS(dbname);
            }catch(Exception e){}
        }
        display.setCurrent(f);
    }


    protected void destroyApp(boolean arg0) {
    }


    protected void pauseApp() {
    }


    public RecordStore openRSAnyway(String rsname){
        RecordStore rs = null;
        if(rsname.length()> 32){
            return null;
        }
        try{
            rs = RecordStore.openRecordStore(rsname, true);
            return rs;
        }catch(Exception e){
            return null;
        }
    }

    public void addData(){                                      //在数据库中添加 10 条随机数据
        try{
            for(int i = 0;i < 10;i++){
                ByteArrayOutputStream bo = new ByteArrayOutputStream();   //生成字节输出流
                DataOutputStream doSteam = new DataOutputStream(bo);   //数据输出流
                doSteam.writeUTF("player" + i);                 //写入玩家姓名
                Random random = new Random();
                int record = Math.abs(random.nextInt() % 100);
                doSteam.writeInt(record);                       //写入玩家得分
                byte data[] = bo.toByteArray();
                rs.addRecord(data, 0, data.length);
                doSteam.close();
            }
        }catch(Exception e){
```

```java
            e.printStackTrace();
        }
    }

    public void sortData(Form form){                              //数据排序
        RecordComparator recordComparator = new RecordComparator(){
            public int compare(byte[] firstdata,byte[] seconddate){
                DataInputStream firstSteam = new DataInputStream(new ByteArrayInputStream(firstdata));
                DataInputStream secondSteam = new DataInputStream(new ByteArrayInputStream(seconddate));
                int firstRecord = 0;
                int secondRecord = 0;
                try{
                    firstSteam.readUTF();
                    firstRecord = firstSteam.readInt();
                    secondSteam.readUTF();
                    secondRecord = secondSteam.readInt();
                }catch(Exception e){
                    e.printStackTrace();
                }
                if(firstRecord == secondRecord){
                    return RecordComparator.EQUIVALENT;
                }else{
                    if(firstRecord < secondRecord){
                        return RecordComparator.FOLLOWS;
                    }else{
                        return RecordComparator.PRECEDES;
                    }
                }
            }
        };
        try{
            RecordEnumeration recordEnumeration = rs.enumerateRecords(null, recordComparator, false);
            int i = 0;
            while(recordEnumeration.hasNextElement()){
                byte[] temp = recordEnumeration.nextRecord();
                DataInputStream stream = new DataInputStream(new ByteArrayInputStream(temp));
                if(i < 3){                                        //取前3名
                    form.append("姓名: " + stream.readUTF() + " ");
                    form.append("得分: " + stream.readInt() + "\n");
                }
                i++;
                stream.close();
            }
        }catch(RecordStoreNotOpenException e){
            e.printStackTrace();
        }catch(IOException e){
            e.printStackTrace();
        }catch(InvalidRecordIDException e){
        }catch(RecordStoreException e){}
    }
```

```
public boolean deleteRS(String rsname){
    if(rsname.length()>32){
        return false;
    }
    try{
        RecordStore.deleteRecordStore(rsname);
    }catch(Exception e){
        return false;
    }
        return true;
    }
}
```

运行效果如图 4-9 所示。

【实验内容与步骤】

（1）使用 Canvas 画布类绘制屏幕并进行用户交互。

① 屏幕的重绘。

② 按键事件。

③ 游戏动作。

④ 指针事件。

（2）使用 Graphics 类绘制二维几何图形。

① 绘制直线、矩形、弧形、三角形等。

② 填充上述图形。

③ 变换坐标系统。

（3）使用 Font 类绘制不同类型的字体。

（4）游戏进度存取。

① 存储游戏最高分。

② 游戏数据的存取。

（5）程序调试以及结果分析。

（6）撰写实验报告。

【思考】

1. 如何制作游戏透明背景？

2. 如何以文件的方式实现记录的存取？

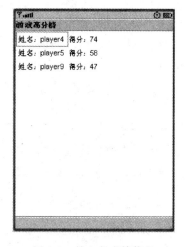

图 4-9　前 3 名成绩信息

第5章

MIDP 2.0游戏开发实验

【实验目的与要求】

（1）掌握游戏专用的 GameCanvas 类。

（2）了解图层（Layer）类和管理图层（LayerManager）类的使用。

（3）掌握游戏精灵（Sprite）的使用。

（4）掌握游戏线程的使用。

【实验环境】

J2ME WTK 无线通信工具包。

【实验涉及的主要知识集】

1. 游戏 API 简介

MIDP 2.0 相对于 1.0 来说，最大的变化就是新添加了用于支持游戏的 API，它们被放在 javax. microedition. lcdui. game 包中。游戏 API 包提供了一系列针对无线设备的游戏开发类。游戏 API 使用了 MIDP 的低级图形类接口（Graphics、Image 等）。整个 game 包仅有以下 5 个类。

1）GameCanvas 类

GameCanvas（游戏画布）类是在 Canvas 类基础上派生的。GameCanvas 类提供了游戏专用的功能，如查询当前游戏键状态、绘制屏幕缓冲等，这些功能简化了游戏开发并提高了性能。

GameCanvas 类的定义为：

```
public abstract class GameCanvas extends Canvas
```

（1）绘制屏幕缓冲：GameCanvas 类提供了一种叫做图形双缓冲的技术来解决动画的抖动问题，所有的图形创建与修改都在缓冲区上进行，再使用 flushGraphics（）方法将屏幕缓冲区的内容提交到显示屏上。这种"双缓冲"技术，使得游戏动画更加流畅自然。

（2）获取键盘状态：GameCanvas 类与 Canvas 类的键盘响应不同。在 Canvas 中要想知道键盘状态，每次都必须调用方法 keyPressed（）或 keyRelease（）或 keyPepeated（），对于游戏来说，其灵敏度相对较低。而在 GameCanvas 中，只需将 getKeyStates（）的返回值与软键值进行按位与就可判断特定的软键是否被按下。

2) Layer 类

Layer 类是一个定义了游戏元素的抽象类,Sprite 和 TiledLayer 都是它的子类。这个抽象类搭好了层(Layer)的基本框架并提供了控制手机屏幕图像和上下文的方法。

Layer 类的定义为:

```
public abstract class Layer extends Object
```

3) LayerManager 类

对于图层(Layer)化的游戏而言,LayerManager 通过实现分层次的自动渲染,简化游戏开发。它允许开发者设置一个可视窗口(View Window),表示用户在游戏中可见的窗口;LayerManager 自动渲染游戏中的 Layer,从而实现期望的视图效果。

LayerManager 类的定义为:

```
public class LayerManager extends Object
```

4) Sprite 类

Sprite 又称“精灵”,也是 Layer 类的子类,可以显示一帧或多帧的连续图像。所有的帧必须是相同大小的,并且由一个 Image 对象提供。Sprite 通过循环显示每一帧,可以实现任意顺序的动画。Sprite 类还提供了许多变换(翻转和旋转)模式和碰撞检测方法,能极大地简化游戏逻辑的实现。

Sprite 类的定义为:

```
public class Sprite extends Layer
```

5) TiledLayer 类

由于 Layer 无法直接使用,因此在处理背景时通常需要用到 TiledLayer(分块图层)类。TiledLayer 类允许开发者在不必使用非常大的 Image 对象的情况下创建一个大的图像内容。TiledLayer 由许多单元格构成,每个单元格能显示 Image 对象提供的一组贴图中的某一个贴图。单元格也能被动画贴图填充,贴图的内容能够非常迅速地变化。

TiledLayer 类的定义为:

```
public class TiledLayer extends Layer
```

2. 使用游戏 API 实现动态背景

下面实例使用游戏 API 中的 GameCanvas 类、TiledLayer 类和 LayerManager 类创建一个动态背景,背景为闪烁的星星,如图 5-1 所示,图片像素为 96×32 像素的贴图,分成 3 个 32×32。这个游戏由 Layertest 类和 MyCanvas 类组成。

图 5-1　动画背景图片

1) Layertest 类

Layertest 类为本实例的主类。该类继承了 MIDlet 类,负责程序的启动和屏幕的显示,是程序的中枢核心。代码如下:

```
import javax.microedition.lcdui. * ;
import javax.microedition.midlet. * ;
```

```java
public class Layertest extends MIDlet {
  private MyCanvas canvas;

  public Layertest() {
  }

  protected void startApp() {
    canvas = new MyCanvas(this);                          //创建 MyCanvas 屏幕画布
    Display.getDisplay(this).setCurrent(canvas);          //显示该画布
    canvas.start();                                       //开始游戏线程
  }

  protected void pauseApp() {
    canvas.stop();                                        //停止线程
  }

  protected void destroyApp(boolean unconditional) {
    canvas.stop();                                        //停止线程
  }

  public void exitMidlet() {
    destroyApp(false);
    notifyDestroyed();
  }
}
```

2）MyCanvas 类

MyCanvas 类实现了游戏画布。该类继承了 Canvas 类，由于使用了软键和线程，因此还实现了 Runnable 和 CommandListener 接口。代码如下：

```java
import javax.microedition.lcdui.*;
import javax.microedition.lcdui.game.*;
import java.io.IOException;

public class MyCanvas extends GameCanvas implements Runnable,CommandListener {
  private Layertest midlet;                                //程序控制类
  private volatile Thread animationThread = null;          //线程
  private TiledLayer mBackground;                          //创建地图背景
  private LayerManager mLayerManager;
  private int canvasHeight, canvasWidth;                   //屏幕高度/宽度
  private static int tileHeight,tileWidth;                 //地图的高度/宽度
  private static int columns,rows;
  private static int mapWidth,mapHeight;
  private int Large = 1;                                   //闪烁星星
  private int Middle = 2;                                  //大星星
  private int Small = 3;                                   //小星星 star
  private int ANI;                                         //动画贴片 animated
  private int aniStarIndex;
  private int aniCounter;
  private boolean isRun;
  private int curX,curY;                                   //当前 viewer 坐标
```

```
private final int SLEEP = 10;
private Command exit;

public MyCanvas(Layertest midlet) {
    super(true);
    this.midlet = midlet;
    canvasHeight = getHeight();
    canvasWidth = getWidth();
    System.out.println(canvasWidth);
    System.out.println(canvasHeight);
    try{
        mBackground = createBackground();            //创建背景
    }catch(IOException e){
        System.out.println("create error");
    }
    curX = -(mapWidth - canvasWidth)/2;
    curY = -(mapHeight - canvasHeight)/2;
    mBackground.setPosition(curX,curY);
    exit = new Command("Exit", Command.STOP,1);
    this.addCommand(exit);
    this.setCommandListener(this);               //两个软键
}

synchronized void start() {
    isRun = true;
    animationThread = new Thread(this);
    animationThread.start();
}

public void run() {
    Graphics g = this.getGraphics();
    try{
        while (isRun){
            tick();
            render(g);
            Thread.sleep(SLEEP);
        }
    }catch(InterruptedException ie){
        System.out.println(ie.toString());
    }
}

private void tick() {
    aniCounter++;
    if(aniCounter % 6 == 0){
        mBackground.setAnimatedTile(ANI,Large);
    }else{
        mBackground.setAnimatedTile(ANI,Middle);
    }
}
```

```java
private TiledLayer createBackground() throws IOException {
    Image image = Image.createImage("/star.png");        //创建背景图片
    TiledLayer tiledLayer = new TiledLayer(7, 8, image, 32, 32);  //注意:背景参数的设置!
    tileWidth = 32;
    tileHeight = 32;
    columns = 7;
    rows = 8;
    mapWidth = tileWidth * columns;
    mapHeight = tileHeight * rows;
    ANI = tiledLayer.createAnimatedTile(Small);
    int[] map = {                                         //地图数组
        Small,Small,Small,Small,Small,Small,Small,
        Small,ANI,ANI,Small,ANI,ANI,Small,
        ANI,Small,Small, ANI,Small,Small,ANI,
        ANI,Small,Small,Small,Small,Small,ANI,
        Small,ANI,Small,Small,Small,ANI,Small,
        Small,Small,ANI,Small,ANI,Small,Small,
        Small,Small,Small,ANI,Small,Small,Small,
        Small,Small,Small,Small,Small,Small,Small,
    };                                                    //显示地图
    for (int i = 0; i < map.length; i++) {
        int column = i % columns;
        int row = (i - column) / columns;
        tiledLayer.setCell(column, row, map[i]);  //通过一个循环来设置 tiledLayer
    }
    return tiledLayer;                                    //返回
}

private void render(Graphics g) {
    mBackground.paint(g);
    flushGraphics();
}

synchronized void stop() {
    isRun = false;
}

public void commandAction(Command c, Displayable d) {
    if(c == exit){
        midlet.exitMidlet();
    }
}
}
```

编译并运行程序,运行效果如图 5-2 所示。

3. 使用游戏 API 实现 PRG(角色扮演)游戏

这个游戏主要由 RPGGametest 类、主人公 Hero 类、地图 Map 类和游戏画布 RPGGameCanvas 类组成。

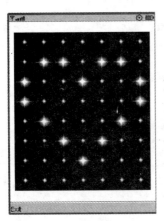

图 5-2　动态背景产生的闪烁效果

1) RPGGametest 类

主类 RPGGametest 用于程序的启动和屏幕的显示。代码如下：

```
import javax.microedition.lcdui.Display;
import javax.microedition.midlet.MIDlet;
import javax.microedition.midlet.MIDletStateChangeException;

public class RPGGametest extends MIDlet {
  private RPGGameCanvas myCanvas;

  public RPGGametest(){
    myCanvas = new RPGGameCanvas();
  }

  protected void startApp() throws MIDletStateChangeException{
    Display.getDisplay(this).setCurrent(myCanvas);
  }

  protected void pauseApp(){
  }

  protected void destroyApp(boolean arg0) throws MIDletStateChangeException{
    myCanvas.stop();
  }
}
```

2) Hero 类

Hero 类主要负责加载主人公图片和精灵的创建，游戏主人公的图片如图 5-3 所示，图片像素为 60×136，由 12 个动画帧组成。

Hero 类代码如下：

```
import javax.microedition.lcdui.Image;
import javax.microedition.lcdui.game.Sprite;
```

图 5-3　精灵图片

```java
public class Hero {
  private Image image;

  public Hero(){
  }

  public void load(){
    try{
      image = Image.createImage("/hero.png");         //加载图片
    }catch (Exception e){
      e.printStackTrace();                            //捕捉异常
    }
  }

  public Sprite getHero(){
    Image tmp = null;
    try{
      tmp = Image.createImage(image, 0, 0, 60, 136, Sprite.TRANS_NONE);  //创建图像
    }catch (Exception e){
      e.printStackTrace();                            //捕捉异常
    }
    Sprite hero = new Sprite(tmp, 20, 34);            //创建精灵
    return hero;
  }
}
```

3）Map 类

Map 类主要负责创建两层游戏地图。游戏的地图由一幅 20 帧的图片来制作，图片像素为 30×600，如图 5-4 所示。游戏地图分为两层，一层为主人公可以随意跨越的背景，如草地和路，另一层为主人公不可跨越的背景，如树木、石头、房屋等。

图 5-4　地图图片

Map 类代码如下：

```java
import javax.microedition.lcdui.game.LayerManager;
import javax.microedition.lcdui.Image;
import javax.microedition.lcdui.game.TiledLayer;

public class Map extends LayerManager {
  int[] GroundLayer_cells = new int[]{              //底层地图
    1, 2, 2, 1, 1, 1,12,13,14,
    11,11,11,11,11,11,15,16,17,
    1, 1, 2, 1, 1, 8,18,19,20,
    2, 1, 1, 1, 1, 8, 2, 1, 1,
    1, 1, 1, 1, 2, 8, 2, 1, 1,
    1, 1, 1, 1, 1, 8, 1, 1, 1,
    1, 1, 1, 2, 1, 8, 1, 1, 1,
```

```
            10,10, 9, 1, 1, 8,11,11, 1,
             1, 1, 9, 1, 2, 1, 1, 8, 1,
             1, 1,10,10,10,10,10,10, 1,
             1, 1, 1, 1, 1, 1, 1, 1, 1};
       int[] TreeLayer_cells = new int[]{                              //上层地图
             0, 0, 0, 0, 0, 7, 0, 0, 0,
             0, 0, 0, 0, 0, 0, 0, 0, 0,
             0, 3, 0, 0, 0, 0, 0, 0, 0,
             0, 0, 0, 4, 0, 0, 0, 0, 0,
             5, 0, 7, 0, 0, 0, 0, 3, 0,
             0, 7, 7, 0, 0, 0, 5, 4, 0,
             0, 7, 0, 0, 4, 0, 0, 0, 0,
             0, 0, 0, 0, 0, 0, 0, 0, 0,
             4, 0, 0, 0, 0, 0, 0, 0, 6,
             0, 5, 0, 0, 0, 0, 0, 0, 0,
             0, 0, 0, 3, 5, 0, 0, 0, 0};
       Image TreeLayer_tiles;
       TiledLayer TreeLayer;
       Image GroundLayer_tiles;
       TiledLayer GroundLayer;

    public Map(){
       try{
          Init();
       }catch (Exception ex){}
    }

    void Init() throws Exception{
       TreeLayer_tiles = Image.createImage("/map.png");               //加载地图图片
       TreeLayer = new TiledLayer(9, 11, TreeLayer_tiles, 30, 30);    //创建上层图像
       GroundLayer_tiles = Image.createImage("/map.png");             //加载图片
       GroundLayer = new TiledLayer(9, 11, GroundLayer_tiles, 30, 30);//创建底层图像
       fillLayer(TreeLayer, TreeLayer_cells);
       fillLayer(GroundLayer, GroundLayer_cells);
       append(TreeLayer);
       append(GroundLayer);
    }

    void fillLayer(TiledLayer layer, int[] cells){                    //填充地图
       for(int row = 0; row < layer.getRows(); row++){
          for(int col = 0; col < layer.getColumns(); col++){
             layer.setCell(col, row, cells[row * layer.getColumns() + col]);
          }
       }
    }
  }
}
```

4）RPGGameCanvas 类

RPGGameCanvas 类主要负责检测键盘输入、绘制游戏内容以及检测主人公和地图中不可跨越物的碰撞。

RPGGameCanvas 类代码如下：

```java
import javax.microedition.lcdui.Graphics;
import javax.microedition.lcdui.game.*;

public class RPGGameCanvas extends GameCanvas implements Runnable {
    private static final int X = 0;
    private static final int Y = 1;
    private static final int WIDTH = 2;
    private static final int HEIGHT = 3;
    private static final int STEP = 3;
    private Hero loader;
    private Sprite hero;                                     //声明精灵
    private Thread thread;                                   //声明线程
    private Map map;                                         //声明地图
    private int lastState = -1;
    private int WORLD_WIDTH;
    private int WORLD_HEIGHT;
    private int[] view = new int[4];                         //声明视窗尺寸数组
    private boolean initialized = false;
    private boolean paused = false;
    private Object executionLock = new Object();

    public RPGGameCanvas(){
        super(true);
        setFullScreenMode(true);
    }

    public void showNotify(){
        if(initialized){
            synchronized (executionLock){
                if (paused){
                    paused = false;
                    executionLock.notify();
                }
            }
        }
    }

    public void hideNotify(){
        synchronized (executionLock){
            paused = true;
        }
    }

    public void initialize(){
        view[X] = 0;
        view[Y] = 0;
        view[WIDTH] = getWidth();                            //屏幕宽度
        view[HEIGHT] = getHeight();                          //屏幕高度
        loader = new Hero();
```

```
    loader.load();
    hero = loader.getHero();
    hero.defineCollisionRectangle(0,0,hero.getWidth(),hero.getHeight()); //定义精灵的碰撞区域
    map = new Map();
    map.insert(hero, 0);
    map.setViewWindow(0, 0, getWidth(), getHeight());
    int[] size = getWorldSize();
    WORLD_WIDTH = size[0];
    WORLD_HEIGHT = size[1];
    initialized = true;
}

private int[] getWorldSize(){
    int width = 0;
    int height = 0;
    for (int i = 0; i < map.getSize(); i++){
        Layer layer = map.getLayerAt(i);
        if(layer.getWidth() > width){
            width = layer.getWidth();
        }
        if(layer.getHeight() > height){
            height = layer.getHeight();
        }
    }
    return new int[]{width, height};
}

public void start(){
    thread = new Thread(this);
    thread.start();
}

public void stop(){
    initialized = false;
    thread = null;
}

public void run(){
    Graphics g = getGraphics();
    while (initialized){
        synchronized (executionLock){
            if (paused){
                try{
                    wait();
                }catch (Exception e){}
            }
        }
        int keyState = getKeyStates();
        if ((keyState & LEFT_PRESSED) != 0){          //精灵左移
            if (lastState != LEFT_PRESSED){
                lastState = LEFT_PRESSED;
```

```
          hero.setFrameSequence(new int[] { 9, 10, 11 });          //设置精灵移动序列
        }else{
          hero.nextFrame();                                         //将下一帧设置为当前帧
        }
        if(hero.getX() - STEP > = 0){
          hero.move(-STEP, 0);
        }else{
          hero.setPosition(0, hero.getY());
        }
      }else if ((keyState & RIGHT_PRESSED) ! = 0){                  //精灵右移
        if (lastState ! = RIGHT_PRESSED){
          lastState = RIGHT_PRESSED;
          hero.setFrameSequence(new int[] { 3, 4, 5 });            //设置精灵移动序列
        }else{
          hero.nextFrame();                                         //将下一帧设置为当前帧
        }
        if(hero.getX() + hero.getWidth() < WORLD_WIDTH){
          hero.move(STEP, 0);
        }else{
          hero.setPosition(WORLD_WIDTH-hero.getWidth(), hero.getY());
        }
      }else if ((keyState & UP_PRESSED) ! = 0){                     //精灵上移
        if (lastState ! = UP_PRESSED){
          lastState = UP_PRESSED;
          hero.setFrameSequence(new int[] { 0, 1, 2 });            //设置精灵移动序列
        }else{
          hero.nextFrame();                                         //将下一帧设置为当前帧
        }
        if(hero.getY() - STEP > = 0){
          hero.move(0, -STEP);
        }else{
          hero.setPosition(hero.getX(), 0);
        }
      }else if ((keyState & DOWN_PRESSED) ! = 0){                   //精灵下移
        if (lastState ! = DOWN_PRESSED){
          lastState = DOWN_PRESSED;
          hero.setFrameSequence(new int[] { 6, 7, 8 });            //设置精灵移动序列
        }else{
          hero.nextFrame();                                         //将下一帧设置为当前帧
        }
        if(hero.getY() + hero.getHeight() < WORLD_HEIGHT){
          hero.move(0, STEP);
        }else{
          hero.setPosition(hero.getX(), WORLD_HEIGHT-hero.getHeight());
        }
      }
      checkCollision(lastState);                                    //精灵碰撞检测
      if (hero.getX() < view[X] + hero.getWidth()){                 //确定视窗尺寸
        int dx = (view[X] - hero.getX() + hero.getWidth());
        if (view[X] - dx > = 0){
          view[X] - = dx;
```

```
        }
      }else if (hero.getX() + hero.getWidth()> (view[X] + view[WIDTH]) - hero.getWidth()){
          int dx = (hero.getX() + hero.getWidth()) - (view[X] + view[WIDTH] - hero.getWidth());
          if(view[X] + view[WIDTH] <= WORLD_WIDTH){
            view[X] += dx;
          }
        }
        if (hero.getY() < view[Y] + hero.getHeight()){
          int dy = (view[Y] - hero.getY() + hero.getHeight());
          if (view[Y] - dy >= 0){
            view[Y] -= dy;
          }
        }else if ( hero.getY() + hero.getHeight()> (view[Y] + view[HEIGHT]) - hero.getHeight()){
          int dy = (hero.getY() + hero.getHeight())-(view[Y] + view[HEIGHT]-hero.getHeight());
          if(view[Y] + view[HEIGHT] <= WORLD_HEIGHT){
            view[Y] += dy;
          }
        }
        map.setViewWindow(view[X],view[Y],view[WIDTH],view[HEIGHT]);  //设置视窗大小
        map.paint(g, 0, 0);
        flushGraphics();
        try{
          Thread.sleep(100);
        }catch (Exception e){
          e.printStackTrace();
        }
      }
    }
  }

  private void checkCollision(int key){                              //精灵碰撞检测
    if (hero.collidesWith((TiledLayer) map.getLayerAt(1), true)){
      if (key == LEFT_PRESSED){
        hero.move(STEP, 0);
      }else if (key == RIGHT_PRESSED){
        hero.move(-STEP, 0);
      }else if (key == UP_PRESSED){
        hero.move(0, STEP);
      }else{
        hero.move(0, -STEP);
      }
    }
  }

  public void paint(Graphics g){
    if (!initialized){
      initialize();
      if (thread == null){
        start();
      }
    }
    super.paint(g);
  }
}
```

编译并运行程序,运行效果如图 5-5 所示。

图 5-5 游戏画面

4.游戏线程

1) Threadtest 类

Threadtest 类为本实例的主类,负责程序的启动和屏幕的显示。代码如下:

```
import javax.microedition.midlet. * ;
import javax.microedition.lcdui. * ;

public class Threadtest extends MIDlet {
    static Threadtest instance;
    MainForm mainForm;
    public Threadtest(){
    instance = this;
    mainForm = new MainForm(this);

    public void startApp(){
        Display.getDisplay(this).setCurrent(mainForm);
    }

    public void pauseApp(){
    }

    public void destroyApp(boolean unconditional){
    }

    public static void quitApp(){
        instance.destroyApp(true);
        instance.notifyDestroyed();
        instance = null;
    }
}
```

2) MainForm 类

MainForm 类用于屏幕的绘制。代码如下:

```
import javax.microedition.lcdui. * ;
public class MainForm extends Form implements CommandListener {
    public Threadtest midlet;
    MyThread mythread;

    public MainForm(Threadtest midlet){
        super("演示结果");
        this.midlet = midlet;
        try{
            init();
        }catch(Exception e){
            e.printStackTrace();
```

```
    }
    mythread = new MyThread();
    mythread.main(this);
  }

  private void init() throws Exception{
    setCommandListener(this);
    addCommand(new Command("Exit", Command.EXIT, 1));
  }

  public void commandAction(Command command, Displayable displayable){
    if (command.getCommandType() == Command.EXIT){
      Threadtest.quitApp();
    }
  }

  void addline(String str){
    append(str);
    append("\n");
  }
}
```

3) MyThread 类

MyThread 类负责线程的启动、中断与停止。线程的启动与停止分别使用 Thread 类的 start()方法和 stop()方法。代码如下：

```
public class MyThread extends Thread {
  volatile boolean isRunning;

  public MyThread(){
    isRunning = true;                        //初始状态为 true,运行线程
  }

  public void main(MainForm form){
    try{
      MyThread thread = new MyThread();
      System.out.println("线程已启动");       //显示线程启动
      thread.start();                        //启动线程
      for(int n = 0;n<1000;n++);             //延迟一段时间,等待线程启动
      System.out.println("中断");            //显示中断消息
      thread.stop();                         //结束线程
      System.out.println("线程已结束");
    }catch(Exception e){
      System.out.println(e);
    }
  }
  public void stop(){
    isRunning = false;                       //停止线程的方法
  }
  public void run(){                         //改写 run 方法
    int i = 0;
```

```
    while(isRunning){              //周期性地检查是否停止线程
        System.out.println(i++);   //输出数字
    }
  }
}
```

程序运行输出结果为：

线程已启动
中断
线程已结束

【实验内容与步骤】

（1）游戏背景的制作。

① 静态背景的制作。

② 动态背景的制作。

③ 双重背景的制作。

（2）游戏精灵的控制。

① 精灵的绘制。

② 精灵的移动。

③ 精灵碰撞检测。

（3）游戏线程控制。

① 游戏线程的创建。

② 线程的启动与停止。

（4）程序调试以及结果分析。

（5）撰写实验报告。

【思考】

1. 动画运行速度对画面感官的影响。

2. 改变精灵运行速度对游戏难度的影响。

第6章

3D游戏设计实验

【实验目的与要求】

（1）了解 J2ME 3D 技术。

（2）掌握"开船捕鱼"游戏的类结构。

（3）"开船捕鱼"游戏的开发与实现。

【实验环境】

J2ME WTK 无线通信工具包。

【实验涉及的主要知识集】

1. J2ME 3D 技术概述

3D 技术对大家来说已经非常熟悉了，最常用的 3D API 有 OpenGL 和 Microsoft 的 Direct 3D，在桌面游戏中早已广泛应用。对于 J2ME 程序而言，Mobile 3D Graphics API （JSR-184）的出现，使得为手机应用程序添加 3D 功能成为可能。

JSR-184 标准（Mobile 3D Graphics，M3G）为 Java 移动应用程序定义了一个简洁的 3D API 接口，J2ME 程序可以非常方便地使用 M3G 来实现 3D 应用，如游戏等。

M3G 是 J2ME 的一个可选包，以 OpenGL 为基础的精简版一共有 30 个类。M3G 只是一个 Java 接口，具体底层 3D 引擎一般由 C 代码实现。这种全新的设计使 3D 技术变得不再烦琐，可以加入到 J2ME 的整套架构，保证了 Java 3D 技术强大的拓展性。

3D 模型可以在程序中创建，但是非常烦琐。因此，M3G 提供了一个 Loader 类，允许直接从一个单一的 .m3g 文件中读入全部 3D 场景。其中，m3g 文件可以通过 3D Studio Max 之类的软件创建。

在 M3G 中，Graphics3D 是 3D 渲染的屏幕接口，World 代表整个 3D 场景，包括 Camera （用于设置观察者视角）、Light（灯光）、Background（背景）和树型结构的任意数量的 3D 物体。3D 对象在计算机中用点（Point、Pixel）、线（Line、Polyline、Spline）、面（Mesh）来描述，具体存储和运算（如旋转、投影）都是矩阵运算和变换。

下面将详细介绍使用 J2ME 的 3D 技术设计的"开船捕鱼"游戏。

2. "开船捕鱼"游戏概述

该游戏包括灯光、海面和轮船，这些是从 M3G 文件中加载的。用户可以控制轮船在海中任意航行,控制轮船航行方向的键分别为 2(向前)、4(向左)、6(向右)、8(向后),用户按键动作可以引发键盘事件,从而调用按键函数,引发轮船模型在海中的位置变化,通过不断地刷新屏幕,从而形成动画效果。

键盘事件采用 MIDP 2.0 中的 getKeyStates()方法获得键盘值。当软键按下时,轮船与用户视野角度的位置会发生相应变化。鱼使用精灵类的对象实现,可以在海中自行游动。当船遇上鱼时,船会把鱼打上来,鱼会自动消失,当鱼全部被捕完时,会显示出胜利的标志。游戏结束。

此游戏也可以通过改变摄像机的位置,从不同的角度观察场景,调整位置是通过上、下、左、右键来实现的,还可以通过确认键来改变观察的模式,即改变摄像机的变换模式,可以使摄像机旋转,摄像机水平移动,还可以向空间的 6 个方位移动。

此游戏需要考验用户细心程度与耐心程度。需要用户不断地调整船的位置,既可以用船追鱼,也可以在固定的地方等鱼来。总之,只要是把鱼捕上来就是胜利。这里,游戏的场景由 boats.m3g(轮船的 3D 模型)、sea_irfan.png(海面的组成图片)、water.m3g(组成海面的 3D 模型)、fish.png(游动的鱼的图片)和 075_b.png(成功捕获所有鱼的标志)组成。

3. 游戏的类结构

游戏共由 3 个类组成,包括主类 M3GMIDlet、画布类 M3GCanvas 和摄像机类 MobileCamera,类结构如图 6-1 所示。主类 M3GMIDlet 是程序启动时首先需要运行的类,用于引导程序进入 Canvas 类,从而构造出场景。画布类 M3GCanvas 用于实现图形图像绘制和用户交互。摄像机类 MobileCamera 用于从不同的方向观察景物,包括摄像机的位置移动、按键的动作、位置变换方式等功能。

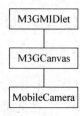

图 6-1 类结构图

4. 主类 M3GMIDlet

M3GMIDlet 类是初始类,对程序所需要的东西作初始化,创建画布类的对象,添加"退出"软键,监听事件,显示画布等。代码如下:

```java
import javax.microedition.midlet.*;
import javax.microedition.lcdui.*;

public class M3GMIDlet extends MIDlet implements CommandListener{
    private Command exitCommand = new Command("Exit", Command.EXIT, 1);

    public void startApp(){
    ...
    }

    public void pauseApp(){
    }

    public void destroyApp(boolean unconditional){
    }
```

```
public void commandAction(Command command, Displayable displayable){
    ...
    }
}
```

1) startApp()、pauseApp()、destroyApp()方法

startApp()、pauseApp()、destroyApp()方法分别在程序启动、程序暂停、程序终止时调用。其中 startApp()方法用于创建画布类的对象,从而可以通过创建的对象产生场景,并在屏幕上显示出场景。代码如下:

```
public void startApp(){
    M3GCanvas mCanvas = new M3GCanvas();           //创建画布类的对象
    mCanvas.addCommand(exitCommand);               //添加"退出"软键
    mCanvas.setCommandListener(this);              //监听事件
    Display.getDisplay(this).setCurrent(mCanvas);  //显示画布
}

public void pauseApp(){
}
public void destroyApp(boolean unconditional){
}
```

2) commandAction()方法

commandAction()方法用于处理软键事件,此处仅包括"退出"软键。代码如下:

```
public void commandAction(Command command, Displayable displayable){
    if (command == exitCommand){
        destroyApp(true);
        notifyDestroyed();
    }
}
```

5. 摄像机类 MobileCamera

摄像机类 MobileCamera 可通过创建一个对象实现从不同的方向观察景物,是通过 M3GCanvas 类不断改变摄像机的位置来实现的。包括摄像机的位置移动、按键的动作、位置变换方式等功能。代码如下:

```
import javax.microedition.lcdui.*;
import javax.microedition.m3g.*;

public class MobileCamera{
    private static final float X_ANGLE = -10.0f
    ...

    public MobileCamera(int width, int height){           //构造函数
    ...
    }

    public Group getCameraGroup(){
```

```
        ...
        }

    public Camera getCamera(){
        ...
        }

    public String getKeyMode(){                    //获取键盘状态
        ...
        }

    public String getPosition(){                   //获取当前位置
        ...
        }

    private void storePosition(){                  //存储摄像机的位置
        ...
        }

    public String getRotation(){
        ...
        }

    public void update(){                          //更新摄像机状态
        ...
        }

    private void updateMove(){                     //更新摄像机的移动
        ...
        }

    private void updateRotation(){                 //更新摄像机的旋转
        ...
        }

    private void updateFloating(){                 //获取键盘状态,移动摄像机
        ...
        }
    }
```

下面对该类中主要的成员方法进行说明。

1) MobileCamera()方法

MobileCamera()方法是本类的构造函数,用于对摄像机的初始化和摄像机最初位置的设定,对摄像机设置应用 x 坐标,没有初始旋转,储存初始旋转。代码如下:

```
private static final float X_ANGLE = -10.0f;     //初始绕 x 坐标旋转和位置角度
private static final float X_POS = 0.0f;
private static final float Y_POS = 0.5f;
private static final float Z_POS = 5.0f;
private static final float ANGLE_INCR = 10.0f;   //更新位置和旋转角度的增加值
private static final float MOVE_INCR = 0.1f;
```

```
private static final int MOVE = 0;                  //移向左右前后
private static final int ROTATE = 1;                //转向左右前后
private static final int FLOAT = 2;                 //移向上下
private static final int NUM_MODES = 3;
private int keyMode = MOVE;                          //当前键值
private Transform trans = new Transform();          //检测摄像机的空间位置
private float transMat[] = new float[16];
private float xCoord, yCoord, zCoord;
private float xAngle, yAngle;                        //储存摄像机的 x,y 坐标
private Group transGroup;                            //捕获摄像机的元素
private Camera cam;

public MobileCamera(int width, int height){
    cam = new Camera();
    float aspectRatio = ((float) width) / ((float) height);
    cam.setPerspective(70.0f, aspectRatio, 0.1f, 50.0f);
    cam.postRotate(X_ANGLE, 1.0f, 0, 0);            //对摄像机应用 x 坐标
    transGroup = new Group();                        //没有初始旋转
    trans.postTranslate(X_POS, Y_POS, Z_POS);
    transGroup.setTransform(trans);
    transGroup.addChild(cam);
    xAngle = X_ANGLE; yAngle = 0.0f;                 //储存初始旋转
}
```

2）getKeyMode()方法

getKeyMode()方法用于获取键盘状态，分出变换的方式，产生摄像机的运动方式。代码如下：

```
public String getKeyMode(){                          //获取键盘状态
    switch(keyMode) {
        case MOVE:
            return "Select Mode: move";              //选择移动的方式
        case ROTATE: return "Select Mode: rotate";   //选择旋转的方式
        case FLOAT: return "Select Mode: float";     //选择平移的方式
        default:
            return "Select Mode:?? ";                //错误
    }
}
```

3）getPosition()方法

getPosition()方法用于获取当前摄像机所在位置的信息，可以获取当前的摄像机在 x、y、z 轴上的位置信息。代码如下：

```
public String getPosition(){                         //获取当前位置
    storePosition();
    float x = ((int)((xCoord + 0.005) * 100.0f))/100.0f;   //x 轴的位置
    float y = ((int)((yCoord + 0.005) * 100.0f))/100.0f;   //y 轴的位置
    float z = ((int)((zCoord + 0.005) * 100.0f))/100.0f;   //z 轴的位置
    return "Pos: (" + x + ", " + y + ", " + z + ")";
}
```

4）storePosition（）方法

storePosition（）方法用于存储摄像机的位置，可以存储当前的摄像机在 x、y、z 轴上的位置信息。代码如下：

```java
private void storePosition(){                    //存储摄像机的位置
  transGroup.getTransform(trans);
  trans.get(transMat);
  xCoord = transMat[3];                          //存储 x 轴位置
  yCoord = transMat[7];                          //存储 y 轴位置
  zCoord = transMat[11];                         //存储 z 轴位置
}
```

5）update（）方法

update（）方法用于更新摄像机状态。代码如下：

```java
public void update(){                            //更新摄像机状态
  if((keystates&FIRE_PRESSED)!= 0){
    keyMode = (keyMode + 1) % NUM_MODES;
  }
  switch(keyMode) {
    case MOVE:                                   //摄像机移动的方式
      updateMove();
      break;
    case ROTATE:                                 //摄像机旋转的方式
      updateRotation();
      break;
    case FLOAT:                                  //摄像机上下移动的方式
      updateFloating();
      break;
    default:
      break;
  }
}
```

6）updateMove（）方法

updateMove（）方法用于更新摄像机的移动方式，通过获取不同的键来移动摄像机。代码如下：

```java
private void updateMove(int keystates){          //更新摄像机的移动
  transGroup.getTransform(trans);
  if ((keystates&UP_PRESSED)!= 0)  {             //向前移动
    trans.postTranslate(0, 0, -MOVE_INCR);
  }else if((keystates&DOWN_PRESSED)!= 0){        //向后移动
    trans.postTranslate(0, 0, MOVE_INCR);
  }else if ((keystates&LEFT_PRESSED)!= 0) {      //向左移动
    trans.postTranslate(-MOVE_INCR, 0, 0);
  }else if((keystates&RIGHT_PRESSED)!= 0) {      //向右移动
    trans.postTranslate(MOVE_INCR, 0, 0);
  }
  transGroup.setTransform(trans);
}
```

7) updateRotation()方法

updateRotation()方法用于更新摄像机的旋转方式,通过获取不同的键来旋转摄像机。代码如下:

```
private void updateRotation(int keystates){
  if((keystates&UP_PRESSED)!=0){                    //绕 x 轴上旋
    cam.postRotate(ANGLE_INCR, 1.0f, 0, 0);
    xAngle += ANGLE_INCR;
  }else if ((keystates&DOWN_PRESSED)!=0){            //绕 x 轴下旋
    cam.postRotate(-ANGLE_INCR, 1.0f, 0, 0);
    xAngle -= ANGLE_INCR;
  }else if((keystates&LEFT_PRESSED)!=0){             //绕 y 轴左旋
    yAngle += ANGLE_INCR;
  }else if((keystates&RIGHT_PRESSED)! =0){           //绕 y 轴右旋
    yAngle -= ANGLE_INCR;
  }
  if (xAngle >= 360.0f){                             //x 轴旋角最大为 360 度
    xAngle -= 360.0f;
  }else if (xAngle <= -360.0f){
    xAngle += 360.0f;
  }
  if (yAngle >= 360.0f){                             //y 轴旋角最大为 360 度
    yAngle - = 360.0f;
  }else if (yAngle <= - 360.0f){
    yAngle += 360.0f;
  }
  if (((keystates&LEFT_PRESSED)! = 0) || (keystates&RIGHT_PRESSED)! = 0)) {   //按下左右键时
    storePosition();
    trans.setIdentity();
    trans.postTranslate(xCoord, yCoord, zCoord);
    trans.postRotate(yAngle, 0, 1.0f, 0);
    transGroup.setTransform(trans);
  }
}
```

8) updateFloating()方法

updateFloating()方法用于获取键盘状态,移动摄像机,通过获取不同的键来移动摄像机的位置。代码如下:

```
private void updateFloating(){
  transGroup.getTransform(trans);
  if((keystates&UP_PRESSED)!=0){                     //向上移
    trans.postTranslate(0, MOVE_INCR, 0);
  }else if((keystates&DOWN_PRESSED)!=0){             //向下移
    trans.postTranslate(0, -MOVE_INCR, 0);
  }else if ((keystates&LEFT_PRESSED)!=0){            //向左移
    trans.postTranslate(-MOVE_INCR, 0, 0);
  }else if((keystates&RIGHT_PRESSED)!=0){            //向右移
    trans.postTranslate(MOVE_INCR, 0, 0);
  }
```

```
transGroup.setTransform(trans);
}
```

6. 画布类 M3GCanvas

M3GCanvas 是低级用户界面的画布类,所有的图形图像绘制和用户交互(包括按键、指针和 Command)都由这个类来负责。代码如下:

```
import javax.microedition.lcdui.*;
import javax.microedition.m3g.*;
import javax.microedition.lcdui.game.*;

public class M3GCanvas extends Canvas implements Runnable{
    private Command exitCmd;
    ...

    public M3GCanvas(){                              //构造函数
    ...
    }

    public void checkkey(int keystates)            //按键盘的某个键时
    ...
    }

    protected void draw(Graphics g2d){             //绘制场景
    ...
    }

    public void run() {                            //线程运行
    ...
    }

    public void checkCollision(){                  //碰撞检测
    ...
    }
}
```

1) M3GCanvas()方法

M3GCanvas()方法为本类的构造函数,用于构造场景,初始化各种参数。包括完成创建场景,创建移动摄影机,将摄像机添加进场景,激活摄像机,创建灯光,设置灯光类型为环境光,设置灯光强度,将灯光射向环境,将灯光添加进场景,创建背景,设置背景颜色为浅蓝色,将背景对象添加进场景,加载 3D 对象组,加载轮船,等工作。同时还会捕获异常,获取根节点,处理轮船及海面,加载鱼,捕获异常,创建精灵对象,设置精灵图片大小,在场景中添加精灵对象,设置精灵对象的初始位置,用同样的方法设置 sprite 数组的 1,2,3 号鱼,创建新线程,线程开始运行。代码如下:

```
private Command exitCmd;
private Graphics3D g3d;
private World world;
```

```java
private MobileCamera mobCam;
private Group cameraGroup;
private Mesh boat;
private int appTime = 0;
private int nextTimeToAnimate;
private float xTrans = 0.0f;
private float zTrans = 0.0f;
private float rotate = 0.0f;
private float angel = 0.0f;
private float [] xSprite = new float[4];
private Sprite3D[] sprite = new Sprite3D[5];
private int number = 4;
private Image2D image;
private int switch0 = 1;
private int switch1 = 1;
private int switch2 = 1;
private int switch3 = 1;

public M3GCanvas(){
    super(true);
    setFullScreenMode(false);
    g3d = Graphics3D.getInstance();
    world = new World();                              //创建场景
    mobCam = new MobileCamera(getWidth(), getHeight());  //创建移动摄影机
    world.addChild(mobCam.getCameraGroup() );         //将摄像机添加进场景
    world.setActiveCamera(mobCam.getCamera() );       //激活摄像机
    Light light = new Light();                        //创建灯光
    light.setMode(Light.AMBIENT);                     //设置灯光类型为环境光
    light.setIntensity(100.0f);                       //设置灯光强度
    light.setOrientation( -45.0f, 1.0f, 0, 0);        //将灯光射向环境
    world.addChild(light);                            //将灯光添加进场景
    Background backGnd = new Background();            //创建背景
    backGnd.setColor(0x00bffe);                       //设置背景颜色为浅蓝色
    world.setBackground(backGnd);                     //将背景对象添加进场景
    Object3D[] parts = null;                          //3D 对象组
    try {
        parts = Loader.load("/boats.m3g");            //加载轮船
    }catch (Exception e){

        e.printStackTrace();
                                                      //捕获异常
    }
    Group root = (Group) parts[0];                    //获取根节点
    boat = (Mesh) root.find(13);                      //根据 ID 查找轮船对象
    boat.postRotate(0.0f, 0.0f, 1.0f, 0.0f);          //设置轮船位置
    boat.setScale(0.05f, 0.05f, 0.05f);               //缩放轮船
    root.removeChild(boat);                           //将轮船从原有场景树中删除
    world.addChild(boat);                             //将轮船添加进场景树中
    parts = null;
    try {
        parts = Loader.load("/water.m3g");            //加载海面
    }catch (Exception e){
        e.printStackTrace();
```

```
        }                                                    //捕获异常
        root = (Group) parts[0];                             //获取场景根节点
        Mesh water = (Mesh) root.find(114);                  //根据 ID 查找海面
        water.setTranslation(0, 0, 0);                       //设置海面的位置
        root.removeChild(water);                             //将海面从原有场景树中删除
        world.addChild(water);                               //将海面添加进场景树中
        Image2D image2D = null;
        try {
            image2D = (Image2D)Loader.load("/fish.png")[0];  //加载鱼
        }catch (Exception e){
            e.printStackTrace();
        }                                                    //捕获异常
        sprite[0] = new Sprite3D(true, image2D, new Appearance());  //创建精灵对象
        sprite[0].setScale(1.0f, 1.0f, 1.0f);                //设置精灵图片大小
        world.addChild(sprite[0]);                           //在场景中添加精灵对象
        sprite[0].setTranslation(-10.0f, 0.0f, -5.0f);       //设置精灵对象的初始位置
        xSprite[0] = -10.0f;   //设置精灵对象的初始 x 轴方向位置
        sprite[1] = new Sprite3D(true, image2D, new Appearance());
        sprite[1].setScale(1.0f, 1.0f, 1.0f);
        world.addChild(sprite[1]);
        sprite[1].setTranslation(-5.0f, 0.0f, 0.0f);
        xSprite[1] = -5.0f;
        sprite[2] = new Sprite3D(true, image2D, new Appearance());
        sprite[2].setScale(1.0f, 1.0f, 1.0f);
        world.addChild(sprite[2]);
        sprite[2].setTranslation(0.0f, 0.0f, 5.0f);
        xSprite[2] = 0.0f;
        sprite[3] = new Sprite3D(true, image2D, new Appearance());
        sprite[3].setScale(1.0f, 1.0f, 1.0f);
        world.addChild(sprite[3]);
        sprite[3].setTranslation(5.0f, 0.0f, 10.0f);
        xSprite[3] = 5.0f;
        Thread t = new Thread(this);                         //创建新线程
        t.start();                                           //线程开始运行
    }
```

2) checkkey()方法

checkkey()方法用于通过不同的键对轮船进行操作。控制轮船航行方向的键分别为 1（向前）、3（向左）、7（向右）、9（向后），可以通过调整在各个轴的位置，调整轮船模型在环境中的位置。由于船的实时转向不同，所以需要通过船将要前进的方向与船的现有方向一起判断船的转向。代码如下：

```
public void checkkey(int keystates){
    if ((keystates&GAME_A_PRESSED)!=0) {
        zTrans--;                                            //2
        if(angel==0.0f){
            rotate = 0.0f;
            angel = (angel + rotate) % 360.0f;
        }else if(angel==90.0f){
            rotate = 270.0f;
```

```
      angel = (angel + rotate) % 360.0f;
    }else if(angel == 180.0f){
      rotate = 180.0f;
      angel = (angel + rotate) % 360.0f;
    }else if(angel == 270.0f){
      rotate = 90.0f;
      angel = (angel + rotate) % 360.0f;
    }
    boat.postRotate(rotate, 0.0f, 1.0f, 0.0f);
}else if ((keystates&GAME_B_PRESSED)!= 0) {
    zTrans++;                                              //8
    if(angel == 0.0f){
      rotate = 180.0f;
      angel = (angel + rotate) % 360.0f;
    }else if(angel == 90.0f){
      rotate = 90.0f;
      angel = (angel + rotate) % 360.0f;
    }else if(angel == 180.0f){
      rotate = 0.0f;
      angel = (angel + rotate) % 360.0f;
    }else if(angel == 270.0f){
      rotate = 270.0f;
      angel = (angel + rotate) % 360.0f;
    }
    boat.postRotate(rotate, 0.0f, 1.0f, 0.0f);
}else if ((keystates&GAME_C_PRESSED)!= 0) {
    xTrans--;                                              //4
    if(angel == 0.0f){
      rotate = 90.0f;
      angel = (angel + rotate) % 360.0f;
    }else if(angel == 90.0f){
      rotate = 0.0f;
      angel = (angel + rotate) % 360.0f;
    }else if(angel == 180.0f){
      rotate = 270.0f;
      angel = (angel + rotate) % 360.0f;
    }else if(angel == 270.0f){
      rotate = 180.0f;
      angel = (angel + rotate) % 360.0f;
    }
    boat.postRotate(rotate, 0.0f, 1.0f, 0.0f);
}else if ((keystates&GAME_D_PRESSED)!= 0) {
    xTrans++;                                              //6
    if(angel == 0.0f){
      rotate = 270.0f;
      angel = (angel + rotate) % 360.0f;
    }else if(angel == 90.0f){
      rotate = 180.0f;
      angel = (angel + rotate) % 360.0f;
    }else if(angel == 180.0f){
      rotate = 90.0f;
```

```
        angel = (angel + rotate) % 360.0f;
    }else if(angel = = 270.0f){
        rotate = 0.0f;
        angel = (angel + rotate) % 360.0f;
    }
    boat.postRotate(rotate, 0.0f, 1.0f, 0.0f);
    }
}
```

3) draw()方法

draw()方法用于绘制场景,把所给的 2D 图片融合到 3D 效果中。该方法还用于所有效果的融合,形成最终的效果。代码如下:

```
protected void draw(Graphics g2d){                  //绘制场景
    try{
        g3d.bindTarget(g2d);                        //把所给的 2D 图片融合到 3D 效果中
        g3d.render(world);
    }finally{
        g3d.releaseTarget();
    }
}
```

4) run()方法

run()方法负责线程运行,其中包括一个无限循环函数,而其中又包括设置轮船方位,控制鱼在水中的位置,分别写出 sptite 数组的 1、2、3 号数据等功能。

该方法的主要作用就是不断刷新环境的状态,使鱼和船的位置不断地按照用户的要求移动,并且检验鱼和船的位置关系,判断船是否捕到鱼。并且进一步判断剩余鱼的数量,从而判断是否结束游戏。代码如下:

```
public void run() {                                 //线程
    Graphics g = getGraphics();
    while(true){                                    //无限循环函数
    draw(g);
    boat.setTranslation(xTrans, 0.5f, zTrans);      //设置轮船方位
    xSprite[0] = xSprite[0] + 0.01f;                //控制鱼在水中的位置
    if(xSprite[0]>10.0f){
        xSprite[0] = - 10.0f;
    }
    sprite[0].setTranslation(xSprite[0], 0.0f, - 5.0f);
    xSprite[1] = xSprite[1] + 0.01f;
    if(xSprite[1]>10.0f){
        xSprite[1] = - 10.0f;
    }
    sprite[1].setTranslation(xSprite[1], 0.0f, 0.0f);
    xSprite[2] = xSprite[2] + 0.01f;
    if(xSprite[2]>10.0f){
        xSprite[2] = - 10.0f;
    }
    sprite[2].setTranslation(xSprite[2], 0.0f, 5.0f);
    xSprite[3] = xSprite[3] + 0.01f;
```

```
    if(xSprite[3]>10.0f){
        xSprite[3] = -10.0f;
    }
    sprite[3].setTranslation(xSprite[3], 0.0f, 10.0f);
    checkCollision();                                       //碰撞检测
    if(number == 0) {                                       //鱼全没了时,显示胜利标志
        try {
            image = (Image2D)Loader.load("/075_b.png")[0];  //加载胜利标志
        }catch (Exception e) {                              //捕获异常
            e.printStackTrace();
        }
        sprite[4] = new Sprite3D(true, image, new Appearance()); //创建精灵对象
        sprite[4].setScale(3.0f, 3.0f, 3.0f);               //设置精灵图片大小
        world.addChild(sprite[4]);                          //在场景中添加精灵对象
        sprite[4].setTranslation(0.0f, 3.0f, -0.0f);        //设置精灵对象的初始位置
    }
    int keystates = getKeyStates();
    mobCam.update(keystates);
    checkkey(keystates);
    }
}
```

5) checkCollision()方法

checkCollision()方法用于船与鱼的碰撞检测。当船遇上鱼时,鱼消失。当鱼全没了时,显示胜利标志。接着加载胜利标志,同时捕获异常,创建精灵类,设置精灵对象的初始位置等。代码如下:

```
public void checkCollision(){
    if((xTrans > xSprite[0]-0.1f)&&(xTrans < xSprite[0])&&(zTrans > -6.0f)&&(zTrans < -4.0f)&&
    (switch0 == 1)){//当船遇上鱼时,鱼消失
        world.removeChild(sprite[0]);
        number--;
        switch0 = 0;
    }
    if((xTrans > xSprite[1]-0.1f)&&(xTrans < xSprite[1])&&(zTrans > -1.0f)&&(zTrans < 1.0f)&&
    (switch1 == 1)) {
        world.removeChild(sprite[1]);
        number--;
        switch1 = 0;
    }
    if((xTrans > xSprite[2]-0.1f)&&(xTrans < xSprite[2])&&(zTrans > 4.0f)&&(zTrans < 6.0f)&&
    (switch2 == 1)) {
        world.removeChild(sprite[2]);
        number--;
        switch2 = 0;
    }
    if((xTrans > xSprite[3]-0.1f)&&(xTrans < xSprite[3])&&(zTrans > 9.0f)&&(zTrans < 11.0f)&&
    (switch3 == 1)) {
```

```
world.removeChild(sprite[3]);
number--;
switch3 = 0;
    }
}
```

7. 游戏界面

游戏的初始界面如图 6-2 所示。图中有 4 条鱼和 1 艘船,鱼自动在游动,船可以通过键盘控制。

将摄像机拉远后的效果如图 6-3 所示。按键盘的 8 键即可达到这个效果。所有的东西都会变小,但鱼还在自动游动。

图 6-2　游戏初始画面

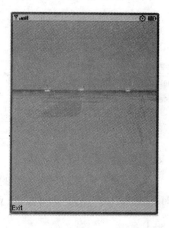

图 6-3　摄像机拉远后的效果

将轮船向右调头后效果如图 6-4 所示。这样,船就可以在不同的方向自由游动,船向哪个方向走,船头就朝向哪个方向。

将摄像机调高绕 y 轴旋转后效果如图 6-5 所示。整个场景一览无余,有飞起来的感觉,但由于键盘过于灵活,可能会变化得有点快。

图 6-4　轮船向右调头后效果

图 6-5　摄像机调高绕 y 轴旋转后效果

【实验内容与步骤】

（1）构建游戏的类结构。

① 游戏包含功能。

② 设计游戏类结构。

（2）根据游戏类结构开发游戏。

① 游戏主类算法设计。

② 游戏摄像机类算法设计。

③ 游戏屏幕与功能设计。

（3）程序调试以及结果分析。

（4）撰写实验报告。

【思考】

1. 增加鱼的数量对游戏难度的影响。

2. 改变渔船运行速度对游戏难度的影响。

第7章

智能游戏设计实验

【实验目的与要求】

（1）了解博弈游戏中的智能算法。

（2）掌握五子棋游戏的类结构。

（3）掌握五子棋游戏的开发与实现。

【实验环境】

J2ME WTK 无线通信工具包。

【实验涉及的主要知识集】

1. 智能游戏

人工智能（Artificial Intelligence, AI）是计算机学科的一个分支，是研究使计算机来模拟人的某些思维过程和智能行为（如学习、推理、思考、规划等）的学科，主要包括计算机实现智能的原理、制造类似于人脑智能的计算机，使计算机能实现更高层次的应用。游戏中的AI可以在遵循一定规则的情况下，依程序设计者本身的思考逻辑制作。

最常见的 AI 游戏就是棋盘式游戏。而五子棋是款非常经典的短、快、平的益智类游戏，它规则简单，容易上手，每局游戏的时间不会很长，同时也有很强的趣味性，正好迎合现代人对游戏的要求。五子棋游戏是很有群众基础的大众游戏，又是具有深奥技巧的国际性比赛的游戏。在这类游戏中，通常的策略类 AI 程序都是计算机根据目前状况计算所有可走的棋与可能的获胜状况，并计算当前计算机可走棋步的获胜分数或者玩家可走棋步的获胜分数，然后再决定出一个最佳走法。

有句话叫"当局者迷，旁观者清"，但这句话在由 AI 所控制的计算机玩家上是不成立的，因为计算机必须知道有哪些获胜方式，并计算出每下一步棋到棋盘上任意一个格子的获胜几率，也就是说，一个完整的五子棋的 AI 构想必须满足以下条件。

1）能够知道所有的获胜组合

在一场五子棋的游戏中，计算机必须知道有哪些获胜组合，因此必须求得获胜组合的总数。假定当前的棋盘为 15×15。

（1）计算水平方向的获胜组合总数，每一列的获胜组合是 11，共 15 列，因此水平方向的获胜组合数为：$11 \times 15 = 165$。

（2）计算垂直方向的获胜组合总数，每一行的获胜组合是 11，共 15 行，因此垂直方向的获胜组合数为：11×15＝165。

（3）计算正对角线方向的获胜组合总数，正对角线上的获胜组合总数为11＋(10＋9＋8＋7＋6＋5＋4＋3＋2＋1)×2＝121。

（4）计算反对角线方向的获胜组合总数，反对角线上的获胜组合总数为11＋(10＋9＋8＋7＋6＋5＋4＋3＋2＋1)×2＝121，这样所有的获胜组合数为：165×2＋121×2＝572。

2) 建立和使用获胜表

已经计算出了一个15×15的五子棋盘会有572种获胜方式，这样就可以利用数组建立获胜表，获胜表的主要作用是：判断当前是否有获胜方；判断当前格局中最可能的落子方式。详细的使用将在后面的程序中给出。

3) 使计算机具有攻击和防守的能力

五子棋的根本是"防守"与"攻击"，二者缺一不可。计算机在计算落子位置的时候，应同时计算其最佳攻击位置和玩家的最佳攻击位置。如果玩家存在最佳攻击位置，那么计算机就将下一步的棋子摆在玩家的最佳攻击位置上以阻止玩家的进攻，否则计算机便将棋子下在自己的最佳攻击位置上进行攻击。

2. 游戏的类结构

游戏共由5个类组成，包括主类 GobangMIDlet、画布类 GobangCanvas、智能类 GobangAI、棋子类 Piece 和棋盘类 ChessBoard，类结构如图 7-1 所示。主类 GobangMIDlet 负责保持 display 对象，并提供各屏幕之间的切换。整个程序包括两个屏幕：游戏主屏幕，实际玩家进行游戏的 GobangCanvas。此外 Piece 类、ChessBoard 类和 GobangAI 类分别用来构造游戏棋子、游戏棋盘和算法的智能部分。游戏主屏如图 7-2 所示，图 7-3 所示为游戏运行效果图。

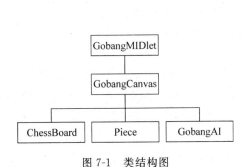

图 7-1　类结构图　　　　　　　　　图 7-2　游戏主屏幕

3. 主类 GobangMIDlet

GobangMIDlet 类派生自 MIDlet，并实现 CommandListener 接口，是该 J2ME 程序的入口类。

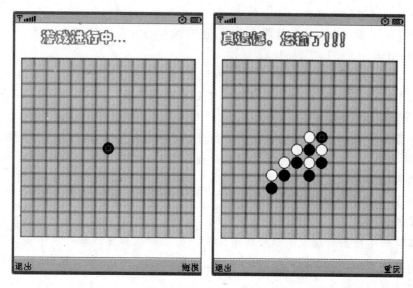

图 7-3　游戏运行效果

GobangMIDlet 类比较简单易读,代码如下:

```
import java.io.IOException;
import javax.microedition.lcdui.*;
import javax.microedition.midlet.MIDlet;

public class GobangMIDlet extends MIDlet implements CommandListener{
  private Display display;
  …

  public GobangMIDlet(){
  …
  }

  public void startApp(){
  …
  }

  public void pauseApp(){
  …
  }

  public void destroyApp(boolean arg0){
  …
  }

  public void commandAction(Command c, Displayable s){
  …
  }
```

```
public void displayform(){
  ...
  }
}
```

下面对该类中主要的成员方法进行说明。

1) GobangMIDlet()方法

GobangMIDlet()方法是本类的构造函数，主要包括一些软键的声明。这些软键执行包括退出、开局命令。"退出"软键用于退出程序，"开局"软键用于显示画布进行人机对战。构造函数代码如下：

```
private Display display;                                    //显示
private Form form;                                         //表单
private Image image;                                       //屏幕图片
private Command exit;                                      //"退出"软键
private Command start;                                     //"开局"软键
private GobangCanvas myCanvas;                             //游戏画布

public GobangMIDlet(){
    display = Display.getDisplay(this);
    form = new Form(null);
    try{
        image = Image.createImage("/splash.png");          //加载图片
    }catch(IOException _ex) {
        image = Image.createImage(1, 1);
    }
    form.append(image);
    exit = new Command("退出", 7, 1);
    start = new Command("开局", 4, 2);
    form.addCommand(exit);                                  //添加"退出"软键
    form.addCommand(start);                                 //添加"开始"软键
    form.setCommandListener(this);                          //监听主表单的软键事件
    myCanvas = new GobangCanvas(this);                      //创建画布
  }
```

2) startApp()、pauseApp()、destroyApp()方法

GoMIDlet 类提供了很多方法来改变当前程序的状态，包括启动 startApp()、停止 pauseApp()、退出 destroyApp()方法。代码如下：

```
public void startApp(){
    display.setCurrent(form);                              //显示主表单
  }

public void pauseApp(){
  }

public void destroyApp(boolean arg0){
  }
```

3）commandAction()方法

commandAction()方法用于处理各种软键事件，包括"开局"和"退出"软键。代码如下：

```java
public void commandAction(Command c, Displayable s){
  if(c == exit){
    destroyApp(false);
    notifyDestroyed();
  }else if(c == start){
    display.setCurrent(myCanvas);
    myCanvas.setOptions(20, true);
    myCanvas.newStart();
  }
}
```

4）displayform()方法

displayform()方法用于从其他界面返回主菜单。代码如下：

```java
public void displayform(){
  display.setCurrent(form);
}
```

4．棋子 Piece 类

Piece 类代表了现实中的棋子，主要用于记录棋子的位置，代码如下：

```java
public class Piece{
  public int row;
  public int col;

  public Piece(){
  …
  }

  public Piece(int r, int c){
  …
  }

  public Piece(int boardSize){
  …
  }

  public void setrowcol(int r, int c){
  …
  }

  public void copyfrom(Piece d){
  …
  }

  public boolean isinboard(int boardSize){
  …
  }
}
```

1）Piece()方法

Piece()方法用于初始化棋子的位置,Piece类采用3种方式初始化棋子的位置,包括左上角、外部自定义位置和棋盘中央。代码如下：

```
public int row;                              //行
public int col;                              //列

public Piece(){                              //初始化棋子位置为左上角
  row = 0;
  col = 0;
}

public Piece(int r, int c){                  //初始化棋子位置为外部自定义位置
  row = r;
  col = c;
}

public Piece(int boardsize){                 //初始化棋子位置为棋盘中央
  row = boardsize / 2;
  col = boardsize / 2;
}
```

2）setrowcol()方法

setrowcol()方法用于通过设置行列位置修改棋子的位置。代码如下：

```
public void setrowcol(int r, int c){
  row = r;
  col = c;
}
```

3）copyfrom()方法

copyfrom()方法用于从已有棋子中复制参数来修改棋子的位置。代码如下：

```
public void copyfrom(Piece d){
  row = d.row;
  col = d.col;
}
```

4）isinboard()方法

isinboard()方法用于检测棋子是否越界,如果玩家或计算机落子位置在棋盘上,则棋子为有效落子,否则取消落子。代码如下：

```
public boolean isinboard(int boardSize){
  return row >= 0 && row < boardSize && col >= 0 && col < boardSize;
}
```

5. ChessBoard 类

ChessBoard类主要负责创建游戏棋盘,棋盘由一幅9帧的图片来制作,如图7-4所示。

图7-4　棋盘图片

代码如下：

```java
import javax.microedition.lcdui.game.LayerManager;
import javax.microedition.lcdui.Image;
import javax.microedition.lcdui.game.TiledLayer;

public class ChessBoard extends LayerManager {
int[]BoardLayer_cell = new int[]{ … };
…

public ChessBoard(){
…
}

void fillLayer(TiledLayer layer,int[] cells){
…
}
}
```

1) ChessBoard()方法

ChessBoard()方法用于创建一个图层。代码如下：

```java
int[]BoardLayer_cell = new int[]{
  2,8,8,8,8,8,8,8,8,8,8,8,8,3,
  6,1,1,1,1,1,1,1,1,1,1,1,1,9,
  6,1,1,1,1,1,1,1,1,1,1,1,1,9,
  6,1,1,1,1,1,1,1,1,1,1,1,1,9,
  6,1,1,1,1,1,1,1,1,1,1,1,1,9,
  6,1,1,1,1,1,1,1,1,1,1,1,1,9,
  6,1,1,1,1,1,1,1,1,1,1,1,1,9,
  6,1,1,1,1,1,1,1,1,1,1,1,1,9,
  6,1,1,1,1,1,1,1,1,1,1,1,1,9,
  6,1,1,1,1,1,1,1,1,1,1,1,1,9,
  6,1,1,1,1,1,1,1,1,1,1,1,1,9,
  6,1,1,1,1,1,1,1,1,1,1,1,1,9,
  6,1,1,1,1,1,1,1,1,1,1,1,1,9,
  4,7,7,7,7,7,7,7,7,7,7,7,7,5};
Image BoardLayer_tiles;
TiledLayer BoardLayer;

public ChessBoard(){
  try{
    BoardLayer_tiles = Image.createImage("/chessboard.png");
    BoardLayer = new TiledLayer(14,14,BoardLayer_tiles,16,16);
    fillLayer(BoardLayer,BoardLayer_cell);
    append(BoardLayer);
  }catch(Exception ex){}
}
```

2) fillLayer()方法

fillLayer()方法用于将棋盘帧填充到图层中的每个单元中。代码如下：

```
void fillLayer(TiledLayer layer,int[] cells){
  for(int i = 0;i < cells.length;i++){
    int col = i % 14;
    int row = (i - col)/14;
    layer.setCell(col, row, cells[i]);
  }
}
```

6. 智能 GobangAI 类

GobangAI 类是游戏的智能算法类,算法的智能部分主要体现在对各种棋型的检测和最佳落子位置的计算。代码如下:

```
import java.util. * ;

public class GobangAI{
  private GobangCanvas myCanvas;
  …

  public GobangAI(GobangCanvas canvas, int boardSize, boolean isComputerFirst){   //构造函数
  …
  }

  public int[][] gettable(){
  …
  }

  public Piece lastpiece(){
  …
  }

  public Piece triedpiece(){
  …
  }

  public boolean checkgameover(){
  …
  }

  public boolean iscomputerwon(){
  …
  }

  public boolean isthinking(){
  …
  }

  private void begin(int row, int col, int player){          //落子
  …
  }
```

```java
public boolean retractmove(){                                    //悔棋
    …
}

public void playermove (int row, int col){                       //玩家落子
    …
}

public void computermove(){                                      //计算机落子
    …
}

private Piece moveonestep (Piece d, int direction){        //朝 8 个方向移动一步
    …
}

private int connectedin1D(int player, int row, int col, int direction){
//检测任一点在指定方向上同类棋子的相连个数
    …
}

private int[] connectedin8D(int player, int row, int col){
//检测任一点在 8 个方向上同类棋子的相连个数
    …
}

private int expandedin1D(int player, int row, int col, int direction){
//检测任一点在指定方向上同类棋子或空白区域的个数
    …
}

private int[] expandedin8D(int player, int row, int col){
//检测任一点在 8 个方向上同类棋子或空白区域的个数
    …
}

private int checkFinrow(int row, int col, int n, int exceptDirection){//检测五子连珠
    …
}

private boolean isgameover(){                                    //判断游戏是否结束
    …
}

private Piece toVCF (int player){                                //实现"活四"
    …
}

private int gaindirection(int row, int col, int direction){ //计算指定位置在某方向上的得分
    …
```

```
    }

    private int gainbystep(int step){
    …
    }

    private int gainat(int row, int col){                          //8 个方向上的得分汇总
    …
    }

    private int findVCF_VCT_atpoint (int row, int col, int player, int exceptDirection){
    //在指定位置针对一方检测是否存在"冲四"和"活三"
    …
    }

    private int findVCFpoint (int row, int col, int player, int exceptDirection){
                                                               //寻找可实现"冲四"的点

    …
    }

    private Piece findVCF_VCT_space (int player){    //寻找能够实现"冲四"或"活三"的空白点
    …
    }

    private int checkVCF_VCT_point (int player, int exceptDirection, int rTest, int cTest,
boolean only4S){
    //检测"双四"、"四三"、"双三"
    …
    }

    private Piece toVCF_VCT_VCFT (int player, boolean only4S){    //实现"双四"、"四三"、"双三"
    …
    }

    private int isVF (int player, int row, int col){              //检测是否"五连"
    …
    }

    private Piece toVF (int player){                             //搜索可实现"五连"的点
    …
    }


    private Piece optimumpiece(){                                //选择最佳落子点
    …
    }

    public void think(){                                         //棋型检测
    …
    }
```

```
private boolean randomtrue(){
  …
}
}
```

下面对 GobangAI 类中的关键方法进行介绍。

1) GobangAI()方法

GobangAI()方法为 GobangAI 类的构造函数,主要包括一些游戏参数的设置。代码如下:

```
private GobangCanvas mycanvas;                    //游戏画布
private int boardsize;                            //棋盘尺寸
private int table[][];                            //棋盘盘面
private Piece lastpiece;                          //最后一步落子
private int PieceCounter [];                      //落子数
private Stack steps;                              //棋子对象栈
private Piece triedpiece;
private boolean isgameover;                       //游戏结束标志
private boolean iscomputerwon;                    //获胜标志
private boolean isthinking;
private Random rndnum;

public GobangAI(GobangCanvas canvas, boolean iscomputerfirst){
  this.boardsize = 20;                            //棋盘默认大小
  mycanvas = canvas;
  table = new int[boardsize][boardsize];          //创建棋盘数组
  for(int r = 0; r < boardsize; r++){
    for(int c = 0; c < boardsize; c++)            //初始化盘面
      table[r][c] = 0;
  }
  piececounter = new int[3];                       //落子状态计数
  piececounter [0] = boardsize * boardsize;        //盘面落子数
  piececounter [1] = 0;                            //计算机落子数
  piececounter [2] = 0;                            //玩家落子数
  lastpiece = new Piece(boardsize);
  steps = new Stack();
  triedpiece = new Piece( - 1,  - 1);
  isgameover = false;
  isthinking = false;
  rndnum = new Random();
}
```

2) begin()方法

begin()方法负责在指定的位置落子以及判断某位置是否可以落子。当对战某一方在棋盘上落子时,就将棋盘数组的相应位置设置为该方代码(计算机为 1,玩家为 2)。代码如下:

```
private void begin(int row, int col, int player){   //落子
  int lastrow = lastpiece.row;                      //上一步的行坐标
  int lastcol = lastpiece.col;                      //上一步的列坐标
  table[row][col] = player;        //行列位置标记玩家代码(计算机为 1,玩家为 2)
```

```
    lastpiece.setrowcol(row, col);              //将当前步标记为最后一步
    mycanvas.repaintat(lastrow, lastcol);       //去掉上一步的引导框
    mycanvas.repaintat(row, col);               //绘制当前步
    switch(player){                             //统计玩家落子数
      case 1:
        piececounter[1]++;
        break;
      case 2:
        piececounter[2]++;
        break;
    }
    piececounter[0]--;                          //统计棋盘空白个数
    if(steps.size() > 10){                      //堆栈数量超过10时,清除栈底
      steps.removeElementAt(0);
    }
    steps.push(new Piece(row, col));            //将当前步压入堆栈
  }
```

3）retractmove()方法

retractmove()方法用于人机对战时玩家的悔棋,玩家悔棋时计算机也同时后退一步,即同时后退两步。使用堆栈(Stack)类的 peek()方法获取栈顶对象,将最后两步棋位置的落子状态设置为空。代码如下:

```
public boolean retractmove(){                   //悔棋
  if(steps.size() >= 3){
    Piece d = new Piece();                      //创建棋子对象
    d.copyfrom((Piece)steps.pop());             //从堆栈中弹出棋子坐标并复制
    table[d.row][d.col] = 0;                     //将该位置设置为空
    mycanvas.repaintat(d.row, d.col);           //重绘该位置
    d.copyfrom((Piece)steps.pop());             //再次从堆栈中弹出棋子坐标并复制
    table[d.row][d.col] = 0;                     //将该位置设置为空
    mycanvas.repaintat(d.row, d.col);           //重绘该位置
    d.copyfrom((Piece)steps.peek());            //获取栈顶对象
    lastpiece.copyfrom(d);                      //将栈顶对象作为最后一步
    mycanvas.repaintat(d.row, d.col);           //重绘最后一步
    return true;                                //悔棋标志标为成功
  } else{
    return false;                               //悔棋标志标为失败
  }
}
```

4）playermove()方法

playermove()方法用于玩家键盘输入时的游戏落子。落子时先判断棋子位置的合法性,如果落子成功,还需判断是否存在"五连"状况,判断游戏是否结束,如果落子后游戏尚未结束,则驱动计算机落子。代码如下:

```
public void playermove(int row, int col){       //玩家落子
  if(row >= 0 && row < boardsize && col >= 0 && col < boardsize && table[row][col] == 0){
                                                //判断落子位置的合法性

    begin(row, col, 2);
```

```
            if(isgameover()){                    //判断游戏是否结束
              if(iscomputerwon){                 //如果计算机获胜,显示图片"真遗憾,您输了!"
                mycanvas.pic(2);
              }else{                              //如果玩家获胜,显示图片"恭喜您,您赢了!"
                mycanvas.pic(1);
              }
            } else{                               //否则计算机落子
                    computermove();
            }
          }
        }
```

5）computermove()方法

computermove()方法用于计算机的游戏落子。代码如下：

```
public void computermove(){               //计算机落子
  mycanvas.serviceRepaints();             //重绘屏幕
  think();                                //进行棋型检测
}
```

6）moveonestep()方法

moveonestep()方法用于向 8 个方向移动一步,8 个方向和各自的数字代码如图 7-5 所示。

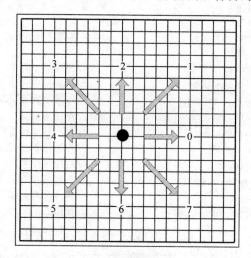

图 7-5　移动方向

代码如下：

```
private Piece moveonestep(Piece d, int direction){
  int r = d.row;
  int c = d.col;
  switch(direction){
    case 0:                               //右方
      c++;
      break;
    case 1:                               //右上方
      r--;
```

```
        c++;
        break;
    case 2:                                //上方
        r--;
        break;
    case 3:                                //左上方
        r--;
        c--;
        break;
    case 4:                                //左方
        c--;
        break;
    case 5:                                //左下方
        r++;
        c--;
        break;
    case 6:                                //下方
        r++;
        break;
    case 7:                                //右下方
        r++;
        c++;
        break;
    }
    return new Piece(r, c);                //返回移动后的棋子
}
```

7) connectedin1D()方法

玩家使用 connectedin1D()方法检测正右(0)方向同类棋子的连接数目,如果超出棋盘、遇见对手或空白则停止检测。不同情况下检测棋子连接数目的结果如图 7-6 所示。例如图中第一行,目标点正右方向共有 3 个黑子,因此同类棋子(黑子)的连接数目 n=3；第二行,目标点正右方向共有 2 个黑子和 1 个白子,因此同类棋子(黑子)的连接数目 n=2；最后一行,目标点正右方向仅有 1 个白子,因此同类棋子(黑子)的连接数目 n=0。

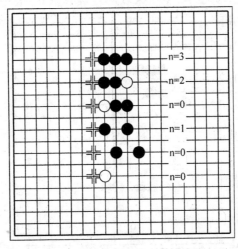

图 7-6　正右方同类棋子连接数目图

代码如下：

```
private int connectedin1D(int player, int row, int col, int direction){
    int n = 0;                                      //计数器
    Piece d = new Piece(row, col);                  //在当前位置创建棋子
    do{
        d.copyfrom(moveonestep(d, direction));      //复制指定方向上移动后的棋子
        if(d.isinboard(boardsize) && table[d.row][d.col] == player){
                                                    //移动后仍在棋盘上并有同类棋子
            n++;                                    //计数器加一
        } else{
            return n;                               //否则停止检测
        }
    } while(true);
}
```

8）connectedin8D()方法

在connectedin1D()方法基础上，connectedin8D()方法对8个方向进行检测并记录。代码如下：

```
private int[] connectedin8D(int player, int row, int col){
    int cd[] = new int[8];                          //8个方向同类棋子计数数组
    for(int d = 0; d < 8; d++){
        cd[d] = connectedin1D(player, row, col, d); //对8个方向同类棋子计数
    }
    return cd;
}
```

9）expandedin1D()方法

expandedin1D()方法与connectedin1D()方法类似，检测的是同类棋子或空白区域，其中空白区域不能超过4。如果超出棋盘或遇见对手则停止检测。不同情况下检测同类棋子或空白区域的结果如图7-7所示。例如图中第一行，目标点正右方共有3个黑子、1个空白区、1个白子，因此同类棋子（黑子）和空白区域的连接数目 n＝3＋1＝4；图中第三行，目标

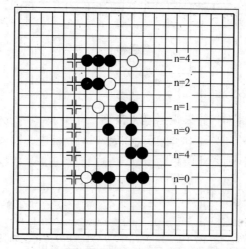

图7-7 正右方同类棋子或空白区域的连接数目图

点正右方共有 1 个空白区、1 个白子、1 个空白区和 2 个黑子,因此同类棋子(黑子)和空白区域的连接数目 $n=1$;图中第四行,目标点正右方共有 2 个空白区、1 个黑子、1 个空白区、1 个黑子和 4 个空白区(空白区域不能超过 4),因此同类棋子(黑子)和空白区域的连接数目 $n=2+1+1+1+4=9$。

代码如下:

```
private int expandedin1D(int player, int row, int col, int direction){
    int n = 0;                              //计数器
    int cn = 0;                             //循环计数器
    Piece d = new Piece(row, col);          //根据指定位置创建棋子
    while(cn < 4){
        d.copyfrom(moveonestep(d, direction));  //复制指定方向的棋子
        if(!d.isinboard(boardsize)){        //判断是否超出棋盘
            break;
        }
        int p = table[d.row][d.col];        //获取棋子行列坐标
        if(p == 0){                         //如果该位置为空白
            cn++;                           //循环计数
        }
        if(p != player && p != 0){          //判断是否遇到对手
            break;
        }
        n++;                                //计数
    }
    return n;                               //返回计数结果
}
```

10) expandedin8D()方法

在 expandedin1D()方法基础上,expandedin8D()方法对 8 个方向进行检测并进行记录。代码如下:

```
private int[] expandedin8D(int player, int row, int col){
    int ed[] = new int[8];                  //8个方向同类棋子或空白区域计数数组
    for(int d = 0; d < 8; d++){
        ed[d] = expandedin1D(player, row, col, d);  //对 8 个方向同类棋子或空白区域计数
    }
    return ed;                              //返回计数结果
}
```

11) checkFinrow()方法

checkFinrow()方法用于判断棋盘上是否存在五子连珠的情况。判断五子连珠的原理是从横、竖、左右斜线 4 个方向上判断是否存在连续 5 个相连的同类棋子,如果游戏双方的任何一方出现"五连"情况,则游戏结束,"五连"一方获胜。代码如下:

```
private int checkFinrow(int row, int col, int n, int exceptDirection){
    int player = table[row][col];           //获取当前位置的落子状态
    int cd[] = connectedin8D(player, row, col);  //检测 8 个方向上同类棋子的落子数目
    int ed[] = expandedin8D(player, row, col);   //检测 8 个方向上同类棋子的落子和空白区域数目
    int existdirection = -1;                //"五连"的方向
```

```
for(int i = 0; i < 4;  i++){                    //判断是否存在"五连"
    if(i == exceptDirection || cd[i] + cd[i + 4] + 1 < n || (ed[i] − cd[i]) + (ed[i + 4] −
cd[i + 4]) < 0){
        continue;
    }
    existdirection = i;                          //"五连"的方向
    break;
}
return existdirection;                           //返回"五连"的方向
}
```

12) isgameover()方法

当棋盘出现"五连"时，游戏结束，并根据获胜方的落子代码（计算机为 1，玩家为 2）判断哪方获胜。isgameover()方法即用于判断游戏是否结束。代码如下：

```
private boolean isgameover(){
    isgameover = false;                          //游戏结束标志
    for(int r = 0; r < boardsize; r++){          //遍历棋盘的行列
        for(int c = 0; c < boardsize; c++){
            if(table[r][c] == 0 || checkFinrow(r, c, 5, −1) ==−1){
                continue;                        //若位置为空或不存在"五连"，则进行下一轮检测
            }
            isgameover = true;        //若存在"五连"，则将游戏结束标记设为真
            iscomputerwon = table[r][c] == 1;    //判断是否计算机获胜
            break;
        }
        if(isgameover){                          //若游戏结束则停止检测
            break;
        }
    }
    if(isgameover){
        mycanvas.gameover();                     //游戏结束绘制画布
    }
    return isgameover;                           //返回游戏结束标志
}
```

13) toVCF()方法

toVCF()方法用于完成"活四"。当有两个点能形成"五连"的四就是活四，如图 7-8 所示，其中 A、B 两点即可形成"五连"。

如有多个位置能够实现"活四"棋型，还需对各个位置进行评估，找出最佳位置。在同等条件下将随机选择。代码如下：

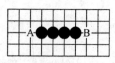

图 7-8　"活四"棋型

```
private Piece toVCF(int player){
    if(piececounter[player] < 3){                //若该方下的棋子数小于 3，则不进行检测
        return null;
    }
    Piece piece = null;                          //创建棋子
    int maxGain = 0;                             //位置评分
    for(int r = 1; r < boardsize − 1; r++){
        for(int c = 1; c < boardsize − 1; c++){  //检测整个棋盘
```

```
            if(table[r][c] == 0){                        //若该位置为空白,则检测是否能实现"活四"
                int cd[] = connectedin8D(player, r, c);   //检测8个方向上同类棋子的落子数目
                int ed[] = expandedin8D(player, r, c);    //检测8个方向上同类棋子的落子和空白区域数目
                for(int i = 0; i < 4; i++){
                    if(ed[i] > cd[i] && ed[i + 4] > cd[i + 4] && cd[i] + cd[i + 4] + 1 >= 4){
                                                          //若出现"活四"
                        int gain = gainat(r, c);
                        if(gain > maxGain || gain > 0 && gain == maxGain && randomtrue()){
                            maxGain = gain;
                            piece = new Piece(r, c);
                        }
                    }
                }
            }
        }
    }
    return piece;
}
```

14) gaindirection()方法

gaindirection()方法用于计算指定位置在某个方向上的得分,该得分针对计算机方有效。从指定位置向某方向移动,移动过程中发现计算机方棋子的得分为5,发现空白区的得分为1,该位置得分还与移动步长有关,如遇到玩家棋子则终止计算。代码如下:

```
private int gaindirection(int row, int col, int direction){
    int gain = 0;                                //位置得分
    Piece d = new Piece(row, col);               //根据指定位置创建棋子
    int step = 0;
    do{
        d.copyfrom(moveonestep(d, direction));   //朝指定方向移动一个位置
        step++;                                  //步长加1
        if(!d.isinboard(boardsize)){             //判断是否越界
            break;
        }
        int player = table[d.row][d.col];        //获取该位置的落子状态
        if(player == 2){                         //若玩家已落子,则终止循环
            break;
        }
        int gainbystone = player == 1 ? 5 : 1;   //设置权重,计算机落子权重为5,空白区权重为1
        gain += gainbystep(step) * gainbystone;  //计算得分
    } while(true);
    return gain;                                 //返回位置得分
}
```

15) gainbystep()方法

gainbystep()方法用于计算步长的得分。代码如下:

```
private int gainbystep(int step){
    int gain = (boardsize - step) / 2;           //计算步长得分
    if(gain < 1){                                //得分最小为1
```

```
        gain = 1;
    }
    return gain;                    //返回步长得分
}
```

16) gainat()方法

在上述方法的基础上,使用 gainat()方法对 8 个方向的得分进行汇总,该方法仅对空白区域进行评分。代码如下:

```
private int gainat(int row, int col){
    if(table[row][col] == 0){            //判断是否空白区
        int gain = 0;                    //若是空白区则返回 0
        for(int d = 0; d < 8; d++){
            int gd = gaindirection(row, col, d);    //对指定方向进行评分
            if(gd == 0){                 //若该方向得分为 0,则将总分除 4
                gain >>= 2;
            }else{                       //否则将总分加上该方向得分
                gain += gd;
            }
        }
        if(gain < 1){                    //得分最小为 1
            gain = 1;
        }
        return gain;                     //返回得分
    } else{
        return 0;                        //若不是空白区则返回 0
    }
}
```

17) findVCF_VCT_atpoint()方法

findVCF_VCT_atpoint()方法用于检测一方在指定位置是否存在"冲四"和"活三"。仅有一个点能形成"五连"的点叫做"冲四",如图 7-9 和图 7-10 所示,"冲四"分为"连冲四"和"跳冲四",其中 A 点即可形成"冲四"。一方再落一子便能成为"活四"的三称为"活三",如图 7-11 和图 7-12 所示,"活三"分为"连活三"和"跳活三"两种情况。该方法对己方落子区域检测是否存在"冲四"或"连活三",对空白区域检测是否存在"跳活三"。代码如下:

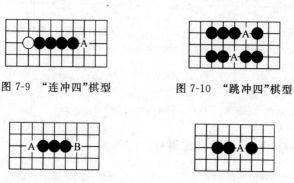

图 7-9 "连冲四"棋型 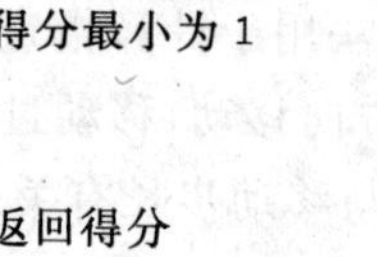   图 7-10 "跳冲四"棋型

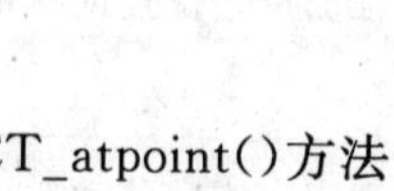

图 7-11 "连活三"棋型   图 7-12 "跳活三"棋型

```
private int findVCF_VCT_atpoint(int row, int col, int player, int exceptdirection){
    int dfond =-1;
    int cd[] = connectedin8D(player, row, col);        //统计8个方向同类棋子的数目
    int ed[] = expandedin8D(player, row, col);         //统计8个方向同类棋子和空白区域的数目
    for(int d = 0; d < 4; d++){                         //遍历4条直线8个方向
        if(d == exceptdirection){                      //若该方向与期望方向相同则停止检测
            continue;
        }
        if(table[row][col] == player){                 //对己方落子区域进行检测
            int nconnect = cd[d] + cd[d + 4] + 1;      //直线上连续同类棋子的数目
            int nfree1 = ed[d] - cd[d];                //直线一个方向上的可扩展数
            int nfree2 = ed[d + 4] - cd[d + 4];        //直线另一方向上的可扩展数
            boolean VCF = nconnect >= 4 && (nfree1 >= 1 || nfree2 >= 1);  //判断能否实现"冲四"
            boolean VCT = nconnect >= 3 && nfree1 >= 1 && nfree2 >= 1;    //判断能否实现"活三"
            if(VCF || VCT){                            //若能够实现"冲四"或"活三",则终止循环
                dfond = d;
                break;
            }
        }
        if(table[row][col] != 0){                      //对空白区域进行检测
            continue;
        }
        int nfree1 = ed[d] - cd[d];
        int nfree2 = ed[d + 4] - cd[d + 4];
        boolean atpoint = cd[d] >= 2 && cd[d + 4] >= 1 || cd[d] >= 1 && cd[d + 4] >= 2;
        //判断能否实现"跳冲四"
        boolean bsfree = nfree1 >= 1 && nfree2 >= 1;
        if(!atpoint || !bsfree){                       //若能够实现"跳冲四",则终止循环
            continue;
        }
        dfond = d;
        break;
    }
    return dfond;                                       //返回检测结果
}
```

18）findVCFpoint()方法

findVCFpoint()方法用于寻找能够实现"冲四"的点。代码如下：

```
private int findVCFpoint(int row, int col, int player, int exceptdirection){
    int dfond =-1;
    int cd[] = connectedin8D(player, row, col);        //统计8个方向同类棋子的数目
    int ed[] = expandedin8D(player, row, col);         //统计8个方向同类棋子和空白区域的数目
    for(int d = 0; d < 4; d++){
        if(d == exceptdirection || table[row][col] != player){
                                                       //若方向相同或不是己方点,则终止循环
            continue;
        }
        int nconnect = cd[d] + cd[d + 4] + 1;          //直线上连续同类棋子的数目
        int nfree1 = ed[d] - cd[d];                    //直线一个方向上的可扩展数
        int nfree2 = ed[d + 4] - cd[d + 4];            //直线另一方向上的可扩展数
```

```
    boolean VCF = nconnect >= 4 && (nfree1 >= 1 || nfree2 >= 1);    //判断该位置是否存在"冲四"
    if(!VCF){                                         //若不存在,则继续循环
        continue;
    }
    dfond = d;
    break;
}
return dfond;                                         //返回检测结果
}
```

19) findVCF_VCT_space()方法

findVCF_VCT_space()方法用于寻找能够实现"冲四"或"活三"的空白点。代码如下:

```
private Piece findVCF_VCT_point(int player){
    if(piececounter[player] < 2){                     //若己方棋子仅下两颗,则不检测
        return null;
    }
    Piece piece = null;
    for(int r = 0; r < boardsize; r++){               //遍历棋盘行
        for(int c = 0; c < boardsize; c++){           //遍历棋盘列
            if(table[r][c] != 0 || findVCF_VCT_atpoint(r, c, player, -1) ==-1){
            //若满足"冲四"或"活三"的空白点,则继续
                continue;
            }
            piece = new Piece(r, c);                   //保存该空白点
            break;
        }
        if(piece != null){                             //若找到该空白点则停止循环
            break;
        }
    }
    return piece;                                       //返回该空白点
}
```

20) checkVCF_VCT_point()方法

checkVCF_VCT_point()方法用于检测是否存在"双四"、"四三"或"活三"的情况。在某一空白点,若落下己方棋子,并在不同方向分别检测出"冲四"或"活三",则判断存在"双四"、"四三"或"活三"。代码如下:

```
private int checkVCF_VCT_point(int player, int exceptdirection, int rtest, int ctest, boolean
onlyVCF){
    int dfond =-1;
    int rmin = rtest - 3;                             //设置行下限
    if(rmin < 0){                                     //行下限最小为0
        rmin = 0;
    }
    int cmin = ctest - 3;                             //设置列下限
    if(cmin < 0){                                     //列下限最小为0
        cmin = 0;
    }
```

```
        int rmax = rtest + 3;                                      //设置行上限
        if(rmax > boardsize){                                      //行上限最大不超过棋盘
            rmax = boardsize;
        }
        int cmax = ctest + 3;                                      //设置列上限
        if(cmax > boardsize){                                      //列上限最大不超过棋盘
            cmax = boardsize;
        }
        for(int r = rmin; r < rmax; r++){                          //在行下限与上限之间遍历
            for(int c = cmin; c < cmax; c++){                      //在列下限与上限之间遍历
                if(table[r][c] != player && table[r][c] != 0){     //遇到对手棋子则跳出循环
                    continue;
                }
                if(onlyVCF){                                       //仅寻找"冲四"
                    dfond = findVCFpoint(r, c, player, exceptdirection);
                }else{                                             //寻找"冲四"或"活三"
                    dfond = findVCF_VCT_atpoint(r, c, player, exceptdirection);
                }
                if(dfond != 1){                                    //若存在"冲四"或"活三"则停止循环
                    break;
                }
            }
            if(dfond !=-1){                                        //若存在"冲四"或"活三"则停止循环
                break;
            }
        }
        return dfond;                                              //返回检测结果
}
```

21) toVCF_VCT_VCFT()方法

toVCF_VCT_VCFT()方法用于返回符合"双四"、"四三"或"活三"的棋子。代码如下：

```
private Piece toVCF_VCT_VCFT(int player, boolean onlyVCF){
    if(piececounter[player] < 4){                                 //若该方棋子仅下三颗,则不检测
        return null;
    }
    Piece piece = null;
    for(int rtest = 0; rtest < boardsize; rtest++){               //遍历棋盘
        for(int ctest = 0; ctest < boardsize; ctest++){
            if(table[rtest][ctest] != 0){                         //若该位置已落子,则不检测
                continue;
            }
            int cd[] = connectedin8D(player, rtest, ctest);       //统计8个方向同类棋子的数目
            if(cd[0] + cd[1] + cd[2] + cd[3] + cd[4] + cd[5] + cd[6] + cd[7] <= 0){
            //若为完全空白区则停止检测
                continue;
            }
            triedpiece.setrowcol(rtest, ctest);
            table[rtest][ctest] = player;                         //假定在该点落子
            boolean found = false;
            int dfirst = checkVCF_VCT_point(player, -1, rtest, ctest, onlyVCF);
```

```
                //检测某一方向是否存在"双四"、"四三"或"活三"
                if(dfirst !=-1 && checkVCF_VCT_point(player, dfirst, rtest, ctest, false) !=-1){
                    //检测另一方向是否存在"双四"、"四三"或"活三"
                        found = true;
                }
                table[rtest][ctest] = 0;                        //恢复落子点
                triedpiece.setrowcol(-1, -1);
                if(!found){                          //若不存在"双四"、"四三"或"活三",则继续检测
                    continue;
                }
                piece = new Piece(rtest, ctest);
                break;
            }
            if(piece != null)                         //若存在"双四"、"四三"或"活三",则退出
                break;
        }
        return piece;                                  //返回检测结果
    }
```

22) isVF()方法

isVF()方法用于检测是否"五连","五连"是在"活四"和"冲四"的基础上实现的。检测方法为,统计 8 个方向的同类棋子的连接数目,若直线上同类棋子能够达到或者超过 5 颗,即能实现"五连"。代码如下:

```
    private int isVF(int player, int row, int col){
        int lines = 0;
        int gain = 0;                      //有利程度参数,用于衡量该步棋对己方的有利程度
        if(table[row][col] == 0){                         //若该点为空白点
            int cd[] = connectedin8D(player, row, col);    //统计 8 个方向同类棋子的数目
            int ed[] = expandedin8D(player, row, col);    //统计 8 个方向同类棋子和空白点的数目
            for(int i = 0; i < 4; i++){
                if(ed[i] + ed[i + 4] + 1 >= 5){   //判断某直线上同类棋子和空白点的数目是否超过 5
                    int l = cd[i] + cd[i + 4] + 1;
                    if(l >= 5){                          //判断是否出现"五连"
                        lines++;
                    }else{
                        gain += 2 ^ l;           //该方向对己方有利,增加有利程度
                    }
                }
            }
        }
        return lines > 0 ? lines * 32 + gain : 0;           //若存在"五连",则返回结果
    }
```

23) toVF()方法

toVF()方法用于根据指定方向搜索可实现"五连"的点。搜索中若检测到多个能实现"五连"的点,可根据 isVF()方法返回的数值判断该选择哪个点,若几个点得分相同,则随机选择。代码如下:

```
private Piece toVF(int player){
    if(piececounter[player] < 4){                        //若该方棋子仅下四颗,则不检测
        return null;
    }
    int maxgain = 0;                                     //最大得分
    Piece piece = null;
    for(int r = 0; r < boardsize; r++){                  //遍历棋盘
        for(int c = 0; c < boardsize; c++){
            int gain = isVF(player, r, c);               //对该点评分
            if(gain > maxgain || gain > 0 && gain == maxgain && randomtrue()){   //选择落子
                maxgain = gain;
                piece = new Piece(r, c);
            }
        }
    }
    return piece;                                        //返回落子
}
```

24) optimumpiece()方法

optimumpiece()方法用于在不满足上述棋型的情况下,最佳落子点的选择。最佳落子点的选择按照每个点对己方的有利程度得出。代码如下:

```
private Piece optimumpiece(){
    Piece piece = null;                                  //最佳落子点
    int maxgain = 0;                                     //得分
    for(int r = 0; r < boardsize; r++){                  //遍历棋盘
        for(int c = 0; c < boardsize; c++){
            int gain = gainat(r, c);                     //计算得分
            if(gain > maxgain || gain > 0 && gain == maxgain && randomtrue()){
            //选择最高得分,若分数相同,则随机选取
                maxgain = gain;
                piece = new Piece(r, c);
            }
        }
    }
    return piece;                                        //返回最佳落子点
}
```

25) think()方法

think()方法用于对上述各种棋型的检测,该方法是智能 GobangAI 类的枢纽。按照"先攻后守"的原则,按照"五连"、"活四"、"双四"、"四三"、"双三"和"单冲四"的顺序返回合适的落子点。若上述算法无法得到合适的落子点,则采用"最佳落子点"方法找到合适的落子点。代码如下:

```
public void think(){
    isthinking = true;
    Piece piece = null;
    if((piece = toVF(1)) == null && (piece = toVF(2)) == null && (piece = toVCF(1)) == null &&
        (piece = toVCF(2)) == null && (piece = toVCF_VCT_VCFT(1, true)) == null &&
        (piece = toVCF_VCT_VCFT(2, true)) == null &&
```

```
            (piece = toVCF_VCT_VCFT(1, false)) == null &&
            (piece = toVCF_VCT_VCFT(2, false)) == null &&
            (piece = findVCF_VCT_point(1)) == null){          //棋型检测
            piece = findVCF_VCT_point(2);
        }
        if(piece == null){              //若没有找到合适的落子点,则寻找最佳落子点
            piece = optimumpiece();
        }
        if(piece == null || piececounter[0] == 0){           //若无棋可走,则为平局
            mycanvas.pic(4);
        } else{
          System.out.println("Done!");
          begin(piece.row, piece.col, 1);
          if(isgameover()){                                  //判断游戏是否结束
              if(iscomputerwon){                             //若计算机获胜
                  mycanvas.pic(2);
              }else{                                         //若玩家获胜
                  mycanvas.pic(1);
              }
          } else{
              mycanvas.pic(0);
          }
        }
        isthinking = false;                                  //返回结果
}
```

7. 游戏画布 GobangCanvas( )类

GobangCanvas( )类主要负责游戏界面的绘制(包括棋盘、棋子等)、用户输入的获取等。
代码如下:

```
import javax.microedition.lcdui.*

public class GobangCanvas extends Canvas implements CommandListener{
  private GobangMIDlet midlet;
  …

  public GobangCanvas(GobangMIDlet m){                    //构造函数
  ...
  }

  private void screenelement(){                           //绘制屏幕元素的位置与尺寸
  …
  }

  public void draw(Graphics g){                           //绘制屏幕
  …
  }

  private int xreturncol(int col){                        //返回指定的 x 坐标
```

```
        …
    }

    private int yreturnrow(int row){                    //返回指定的 y 坐标
        …
    }

    public void repaintat(int row, int col){            //重绘指定行列
        …
    }

    public boolean newstart(){                          //新开局
        …
    }

    public void setoptions(int boardSize, boolean iscomputerfirst){    //参数设置
        …
    }

    public void commandAction(Command c, Displayable s){    //软键事件处理
        …
    }

    public void gameover(){                             //游戏结束重绘界面
        …
    }

    protected void keyPressed(int keyCode){             //用户数字键盘输入
        …
    }
}
```

下面对该类中的关键方法进行介绍。

1）GobangCanvas()方法

GobangCanvas()方法为游戏画布 GobangCanvas 类的构造函数，用于创建用户界面，并负责游戏参数和资源的初始化。其中所使用的提示图片如图 7-13 所示。

图 7-13 提示图片

代码如下：

```
private GobangMIDlet midlet;                    //创建主类对象
private Command Exit;                           //退出按键
private Command New;                            //重玩按键
private Command RetractMove;                    //悔棋按键
private GobangAI ai;                            //创建智能类对象
private int boardsize;                          //棋盘大小
```

```java
    private int canvaswidth;                                    //屏幕宽度
    private int canvasheight;                                   //屏幕高度
    private int cwidth;                                         //棋盘区域的宽度
    private int cheight;                                        //棋盘区域的高度
    private int boardX;                                         //棋盘左上角 x 坐标
    private int boardY;                                         //棋盘左上角 y 坐标
    private int boardlength;                                    //棋盘长度
    private int gridlength;                                     //棋格长度
    private int stonelength;                                    //棋子直径
    private Font font;                                          //字体对象
    private int fontwidth;                                      //字体宽度
    private int fontheight;                                     //字体高度
    private boolean isupside;                                   //字符串是否位于屏幕上方
    private boolean color;                                      //手机是否彩色标志

public GobangCanvas(GobangMIDlet m){
    super(true);
    midlet = m;
    Exit = new Command("退出", 2, 1);                            //创建"退出"软键
    New = new Command("重玩", 4, 2);                            //创建"重玩"软键
    RetractMove = new Command("悔棋", 1, 3);                    //创建"悔棋"软键
    addCommand(Exit);                                           //在画布上添加"退出"软键
    addCommand(New);                                           //在画布上添加"重玩"软键
    setCommandListener(this);                                   //监听软键事件
    canvaswidth = getWidth();                                   //获取屏幕宽度
    canvasheight = getHeight();                                 //获取屏幕高度
    isupside = true;                                            //字符串位于屏幕上方
    color = Display.getDisplay(midlet).numColors() > 2;
    for(int i = 0; i < 6; i++){
        imgStatus[i] = Image.createImage(1, 1);
    }
    try{
        imgStatus[0] = Image.createImage("/play.png");
    }catch(IOException _ex) { }
    try{
        imgStatus[1] = Image.createImage("/winp.png");
    }catch(IOException _ex) { }
    try{
        imgStatus[2] = Image.createImage("/losep.png");
    }catch(IOException _ex) { }
    try{
        imgStatus[3] = Image.createImage("/luozi.png");
    }catch(IOException _ex) { }
    try{
        imgStatus[4] = Image.createImage("/huiqi.png");
    }catch(IOException _ex) { }
    try{
        imgStatus[5] = Image.createImage("/pingju.png");
    }catch(IOException _ex) { }
    statusImage = 0;
}
```

2) screenelement()方法

screenelement()方法用于计算屏幕各元素的位置和尺寸,包括字体高度与宽度、棋盘长度与宽度、棋格长度、棋子直径等。代码如下:

```
private void screenelement(){
    font = Font.getFont(Font.FACE_PROPORTIONAL,
    Font.STYLE_UNDERLINED|Font.STYLE_ITALIC, Font.SIZE_LARGE);
                                                    //设置提示字符串字体
    fontwidth = font.charWidth('棋');              //提示字符串字体宽度
    fontheight = font.getHeight();                  //提示字符串字体高度
    isupside = canvasheight > canvaswidth;          //若屏幕高度大于宽度,则提示字符串位于上方
    if(isupside){                                   //根据字符串的计算绘制区域的高度与宽度
        cwidth = canvaswidth;
        cheight = canvasheight - fontheight;
    } else{
        cwidth = canvaswidth - fontwidth;
        cheight = canvasheight;
    }
    boardlength = cwidth > cheight ? cheight : cwidth;   //计算棋盘长度
    gridlength = boardlength / boardsize;           //棋盘每格的长度
    boardlength = gridlength * boardsize;           //计算棋盘长度
    boardX = (cwidth - boardlength) / 2;            //棋盘起始位置横坐标
    boardY = (cheight - boardlength) / 2;           //棋盘起始位置纵坐标
    if(isupside){                                   //若字符串在屏幕上方,则字符串按照屏幕高度下移
        boardY += fontheight;
    }
    stonelength = gridlength - 2;                   //计算棋子直径
}
```

3) draw()方法

draw()方法用于屏幕的绘制,包括棋盘、棋子等。代码如下:

```
public void draw (Graphics g){
    g.setColor(0xffffff);                           //将颜色设置为白色
    g.fillRect(0, 0, canvaswidth, canvasheight);    //绘制白色边框
    int x;
    int y;
    board = new ChessBoard();
    board.paint(g, boardX + gridlength / 2, boardY + gridlength / 2);
    int computercolor;
    int playercolor;
    computercolor = 0;
    playercolor = 0xffffff;
    Piece triedpiece = ai.triedpiece();
    int triedraw = triedpiece.row;
    int triedcol = triedpiece.col;
    for(int r = 0; r < boardsize; r++){
        for( int c = 0; c < boardsize; c++)
            if(r != triedraw || c != triedcol){
                int stone = ai.gettable()[r][c];    //获取棋盘指定行列的状态
```

```
        if(stone != 0){                                    //若该位置已落子,则绘制棋子
            x = xreturncol(c) - stonelength / 2;
            y = yreturnrow(r) - stonelength / 2;
            g.setColor(stone == 1 ? computercolor : playercolor);   //设置棋子颜色
            g.fillArc(x, y, stonelength, stonelength, 0, 360);      //填充棋子颜色
            g.setColor(0);                                 //将棋子设置为黑色
            g.drawArc(x, y, stonelength, stonelength, 0, 360);   //绘制棋子边缘
        }
    }
}
Piece lastpiece = ai.lastpiece();
int lastrow = lastpiece.row;
int lastcol = lastpiece.col;
int clast;
if(color){    //若手机支持彩色,则将引导框设置为红色,否则设置为与对方棋子相反的颜色
    clast = 0xff0000;
} else{
    clast = 0;
    switch(ai.gettable()[lastrow][lastcol]){
        case 1:                                    //'\001'
            clast = playercolor;
            break;
        case 2:                                    //'\002'
            clast = computercolor;
            break;
    }
}
g.drawRect(x, y, 6, 6);                             //绘制引导框
g.setFont(font);
if(isupside){                                       //绘制图片
    g.drawImage(imgStatus[statusImage], 0, 0, 20);
    x = imgStatus[statusImage].getWidth();
} else{
    x = cwidth;
    y = 0;
    g.drawImage(imgStatus[statusImage], x, 0, 24);
    x = cwidth + fontwidth / 2;
    y = imgStatus[statusImage].getHeight();
}
flushGraphics();
}
```

4) xreturncol()与 yreturnrow()方法

xreturncol()与 yreturnrow()方法分别用于返回指定的 x、y 坐标。代码如下:

```
private int xreturncol(int col){
    return boardX + col * gridlength + gridlength / 2;
}

private int yreturnrow(int row){
    return boardY + row * gridlength + gridlength / 2;
}
```

5）repaintat()方法

repaintat()方法用于重绘指定的行列。代码如下：

```
public void repaintat(int row, int col){
    int rx = boardX + (col - 1) * gridlength;
    int ry = boardY + (row - 1) * gridlength;
    int rw = gridlength * 2;
    int rh = rw;
    repaint(rx, ry, rw, rh);
}
```

6）newstart()方法

当玩家新开局时，将调用 newstart()方法，该方法用于在屏幕上增加"悔棋"和"退出"软键，删除"新开局"软键，并重新计算屏幕布局，以及重新根据游戏参数创建游戏逻辑。代码如下：

```
public boolean newstart(){
    addCommand(RetractMove);                    //添加"悔棋"软键
    addCommand(Exit);                           //添加"退出"软键
    removeCommand(New);                         //删除"新开局"软键
    screenelement();                            //计算棋盘尺寸
    ai = new GobangAI(this, iscomputerfirst);   //创建游戏智能对象
    ai.computermove();
    repaint();
    return true;
}
```

7）setoptions()方法

setoptions()方法用于设置棋盘参数。代码如下：

```
public void setoptions(int boardSize, boolean iscomputerfirst){
    this.boardsize = boardSize;                 //棋盘大小参数
}
```

8）commandAction()方法

commandAction()方法用于处理软键事件，包括退出游戏、悔棋和重新开局。代码如下：

```
public void commandAction(Command c, Displayable s){
    if(!ai.isthinking())                            //若计算机在计算中则不做反映
        if(c == Exit){                              //按"退出"软键
            midlet.displayform();                   //返回主屏幕
        }else{
        if(c == New){                               //按"重新开局"软键
            newstart();                             //重新开局
        }else{
        if(c == RetractMove && !ai.retractmove()){  //按"悔棋"软键，则悔棋
            pic(4);                                 //若不能悔棋，则进行提示
        }
        }
    }
}
```

9）gameover（）方法

gameover（）方法用于游戏结束时，软键的删除与增加。代码如下：

```
public void gameover(){
    addCommand(New);                    //添加"开始游戏"软键
    addCommand(Exit);                   //添加"退出"软键
    removeCommand(RetractMove);         //删除"悔棋"软键
}
```

10）ChackKeyPress（）方法

ChackKeyPress（）方法采用 GameCanvas 类中提供的 getKeyStates（）方法，用于实时监测玩家方向键盘输入。与 keyPressed（）方法相比其灵敏度较高。代码如下：

```
public void ChackKeyPress(){
    if(!ai.checkgameover() && !ai.isthinking()){
        int bs = boardsize;
        Piece lastpiece = ai.lastpiece();
        int r = lastpiece.row;
        int c = lastpiece.col;
        repaintat(r, c);
        int keystate = getKeyStates();
        if((keystate & LEFT_PRESSED)!= 0 |(keystate & GAME_A_PRESSED)!= 0){
            if( --c < 0){
            c = bs - 1;
            }
            lastpiece.setrowcol(r, c);
            repaintat(r, c);
        } else if((keystate & RIGHT_PRESSED)!= 0 |(keystate & GAME_B_PRESSED)!= 0){
            if(++c >= bs){
                c = 0;
            }
            lastpiece.setrowcol(r, c);
            repaintat(r, c);
        } else if((keystate & UP_PRESSED)!= 0 |(keystate & GAME_C_PRESSED)!= 0){
            if( --r < 0){
                r = bs - 1;
            }
            lastpiece.setrowcol(r, c);
            repaintat(r, c);
        } else if((keystate & DOWN_PRESSED)!= 0 |(keystate & GAME_D_PRESSED)!= 0){
            if(++r >= bs){
                r = 0;
            }
            lastpiece.setrowcol(r, c);
            repaintat(r, c);
        } else if((keystate & FIRE_PRESSED)!= 0){
            ai.playermove(r, c);
        }
    }
}
```

【实验内容与步骤】

(1) 构建游戏的类结构。

① 游戏包含功能。

② 设计游戏类结构。

(2) 根据游戏类结构开发游戏。

① 游戏主类算法设计。

② 游戏智能算法设计。

③ 游戏屏幕与功能设计。

(3) 程序调试以及结果分析。

(4) 撰写实验报告。

【思考】

1. 增加游戏功能类(包括游戏难度等级等)对游戏难度的影响。

2. 改变棋盘大小对游戏时间的影响。

第8章

闯关游戏设计实验

【实验目的与要求】

(1) 掌握"坦克大战"游戏开发的基本流程。

(2) 掌握游戏各类的结构设计。

(3) 掌握地图与游戏中各元素图片的加载。

(4) 掌握游戏元素与地图以及游戏元素之间的碰撞检测。

(5) 掌握游戏声音的加载与播放。

【实验环境】

J2ME WTK 无线通信工具包。

【实验涉及的主要知识集】

1. 坦克大战游戏简介

"坦克大战"游戏又称为 Battle City,由日本 NAMCO(南梦宫)公司推出,以其极为出色的游戏性令全球众多玩家为之疯狂。

该游戏是一款以红白机为平台的 2D 操作射击游戏,玩家的任务是在保护自身和总部安全的前提下,歼灭所有敌方坦克。玩家生命值为 3,每被敌人击中一次,将从初始位置重新开始,并且生命值减 1,当生命值为 0 时游戏结束。

敌方坦克分为 4 种:普通坦克、红色坦克、绿色坦克和超级坦克。击毁不同的坦克会有不同的得分,击中红色坦克将会出现游戏道具。游戏道具分为以下 6 种。

(1) 加速道具。为增强坦克火力的道具,连吃 3 个能达到坦克的最高火力等级,这时可以摧毁钢筋水泥。

(2) 秒表道具。全屏敌人静止不动停留数秒。

(3) 炸弹道具。全屏敌人遭到轰炸击灭。

(4) 坦克道具。奖励玩家一辆坦克。

(5) 护甲道具。玩家坦克受到保护,被击中后不会被摧毁,但是加速道具会被取消。

(6) 堡垒道具。绘有标志的总部暂时会受到铁墙保护。

子弹能够摧毁普通的砖墙,但是只有达到一定等级之后才能摧毁铁墙。敌方坦克摧毁飞鹰标志的总部,游戏结束,任务失败。

每个关卡的地形不同,玩家可利用各种地形对敌人进行打击,并会得到补给。本实验共有 6 关,分别采用图 8-1 所示的地形。

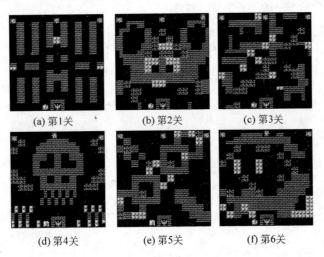

(a) 第1关　　　　(b) 第2关　　　　(c) 第3关

(d) 第4关　　　　(e) 第5关　　　　(f) 第6关

图 8-1　第 1～第 6 关地图

"坦克大战"游戏操作简单且娱乐性强,是一款男女老少皆宜的游戏。游戏中的众多经典关卡至今还让许多玩家记忆犹新,在 20 世纪 80 年代曾经给无数家庭中带来了无尽的欢乐。

2. 游戏的类结构

本实验采用 MIDP 2.0 实现一款闯关型坦克大战手机游戏。游戏共由 6 个类组成,包括主类 BattleCityMIDlet、画布类 BattleCityCanvas、敌人坦克类 Enemy、玩家坦克类 Hero、子弹类 Bullet 和游戏声音类 SoundPlayer。

其中,主类 BattleCityMIDlet 负责保持 display 对象,显示游戏画布和启动游戏线程。画布类 BattleCityCanvas 负责实现所有的用户界面。敌人坦克类 Enemy 与玩家坦克类 Hero 分别用以实现敌方与玩家坦克。子弹类 Bullet 用于实现游戏中子弹与道具。游戏声音类 SoundPlayer 用于载入音频文件实现声音播放。

在 WTK2.5.2 模拟器中运行的效果如图 8-2 所示。

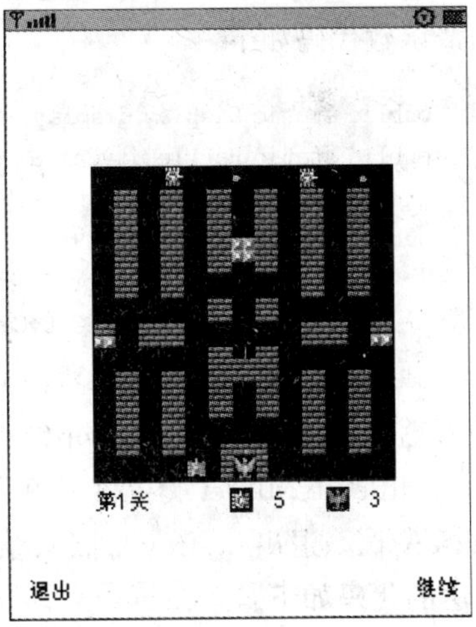

3. 主类 BattleCityMIDlet

图 8-2　游戏运行效果

BattleCityMIDlet 为"坦克大战"游戏的主类,用于显示游戏画布和启动游戏线程,是该 J2ME 程序的入口类。代码如下:

```
import javax.microedition.midlet.*;
import javax.microedition.lcdui.*;

public class BattleCityMIDlet extends MIDlet{
```

```
        public static Display display;
        public static BattleCityCanvas canvas;

        public BattleCityMIDlet(){
            …
        }

        public void startApp() throws MIDletStateChangeException{
            …
        }

        public void pauseApp(){
        }

        public void destroyApp(boolean unconditional)throws MIDletStateChangeException{
            …
        }

        public void exitRequested(){
            …
        }
    }
```

下面对该类中主要的成员方法进行说明。

1) BattleCityMIDlet()方法

BattleCityMIDlet()方法是本类的构造函数，主要用于创建游戏画布，进行人机交互。构造函数代码如下：

```
public static Display display;                           //显示
public static BattleCityCanvas canvas;                   //游戏画布

public BattleCityMIDlet(){
    display = Display.getDisplay(this);                  //显示游戏画布
    canvas = new BattleCityCanvas(this);                 //创建画布
}
```

2) startApp()、pauseApp()、destroyApp()与 exitRequested()方法

BattleCityMIDlet 类提供了很多方法来改变当前程序的状态，包括启动 startApp()、暂停 pauseApp()、退出 destroyApp()、结束程序 exitRequested()方法。startApp()和 exitRequested()方法的代码如下：

```
public void startApp()throws MIDletStateChangeException
    {
        display.setCurrent(canvas);
        canvas.start();
    }
public void exitRequested(){
    try{
        destroyApp(false);
        notifyDestroyed();
```

```
        }catch (MIDletStateChangeException ex){
        }
}
```

4．画布类 BattleCityCanvas

BattleCityCanvas 类主要负责游戏界面的绘制与控制，是游戏的核心。代码如下：

```
import java.io. * ;
import javax.microedition.midlet. * ;
import java.util.Random;
import java.util.Vector;
import javax.microedition.lcdui. * ;
import javax.microedition.lcdui.game. * ;
import java.util. * ;

public class BattleCityCanvas extends GameCanvas implements Runnable
{
    //该类中涉及的主要变量如下所示
    private final BattleCityMIDlet midlet;              //创建主类对象
    public static Graphics g = null;

    private TiledLayer tiles;                          //背景贴图
    private TiledLayer grass;                          //草丛贴图
    private LayerManager layers;
    private Image tilesImage;
    private volatile boolean mTrucking;

    private int i,j;
    public static boolean isPaused = false;            //暂停
    private boolean isVictorShowed = false;            //基地显示

    private volatile Thread gameThread = null;
    public int mapInfo[] = new int[(52 * 52)];

    private Hero hero;
    private Image imgHero;
    public final static int UP = 3,RIGHT = 2,DOWN = 4,LEFT = 1;
    public final static int TOTAL = 7;

    private Enemy enemy[];
    public static int enemyNum = TOTAL;                //每关敌人数
    public static int enemyOnScreen = 0;               //屏幕敌人数
    private int enemyPosition = 1;                     //刷新位置
    public static int Max = 4;                         //屏幕最大敌人数
    private int lev = 1;
    private boolean nextlev = false;
    private int x,y,w,h;

    private Image imgover;
    private Sprite gameover;
```

```
//该类中用到的方法如下:
public BattleCityCanvas(BattleCityMIDlet midlet) throws IOException {    //构造函数
…
}

private void createTiles() throws IOException {              //背景贴图
…
}

public void createHero() throws IOException                 //初始化玩家
…
}

public void createEnemy(int num) throws IOException          //初始化敌人
…
}

private int getNullEnemyIndex(){                            //寻找空的存储位
…
}

private void serveAnEnemy() throws IOException {             //添加一个新的敌人
…
}

public void start(){                                        //游戏启动
…
}

public void run(){                                          //游戏运行主循环
…
}

private void render(Graphics g) {                           //绘制屏幕
…
}

void input(){                                               //获取键盘
…
}

public void destroy(){                                      //终止线程
…
}
}
```

下面对该类中主要的成员方法进行介绍说明。

1) BattleCityCanvas()方法

BattleCityCanvas()方法主要用于加载游戏资源,获取相关参数,构建游戏中使用到的对象。构造函数代码如下：

```
public BattleCityCanvas(BattleCityMIDlet midlet) throws IOException{
        super(true);
        this.midlet = midlet;
        isPaused = false;
        nextlev = false;
        isVictorShowed = false;
        enemyNum = TOTAL;
        enemyOnScreen = 0;
        enemyPosition = 1;
        createTiles();

        layers = new LayerManager();
        layers.insert(tiles,0);

        layers.insert(grass,0);
        createHero();

        enemy = new Enemy[Max];                           //储存敌方坦克
        hero.setEnemy(enemy);
}
```

2）createTiles()方法

createTiles()方法用于背景贴图的处理，其中地图元素主要包括空白区域、砖墙、草地、铁墙、飞鹰等。代码如下：

```
private void createTiles() throws IOException            //背景贴图
{
        tilesImage = Image.createImage("/tiles.png");
        tiles = new TiledLayer( 26, 26, tilesImage,6,6);    //背景层
        grass = new TiledLayer( 26, 26, tilesImage,6,6);    //草丛所在层

        InputStream is = getClass().getResourceAsStream("/" + lev + ".map");

        int c;
        i = 0;
        j = 0;
        int count = 0;
        int tempInfo[] = new int[(52) * (52)];              //标准地图存储数组
        int item, itemNum;
        try
        {
                if (is != null)
                {
                        while ((c = is.read()) !=- 1)
                        {
                                itemNum = c;

                                item = is.read();
                                for (i = 0; i < itemNum; i++)
```

```java
                {
                    tempInfo[j] = item;
                    j += 1;
                }
            }
            is.close();
        }
        else
        {
            System.out.println("Could not find the map for level " + lev);
            try { gameThread.sleep(1000); }
        catch (InterruptedException ie) {}
        midlet.exitRequested();

        }
    }catch (java.io.IOException ex){}

for (i = 0; i < 676; i++) {
    int column = i % 26;
    int row = (i - column) / 26;
    switch(tempInfo[i] ) {
    case 0:
        tiles.setCell(column, row, 1);
        break;
    case 1:
        tiles.setCell(column, row, 2);
        break;
    case 2:
        tiles.setCell(column, row, 5);
        break;
    case 3:
        grass.setCell(column, row, 6);
        tiles.setCell(column, row, 6);              //草的贴图分别存入两层
        break;
    case 4:
    case 5:
    case 6:
    case 7:
        if ( !isVictorShowed ){                     //基地贴图
            tiles.setCell(column, row, 3);
            tiles.setCell(column + 1, row, 4);
            tiles.setCell(column, row + 1, 7);
            tiles.setCell(column + 1, row + 1, 8);
            isVictorShowed = true;
        }
    default:
        break;
    }
}
}
```

3) createHero()方法

createHero()方法用于初始化玩家参数。代码如下:

```
public void createHero() throws IOException              //初始化玩家
{
        imgHero = Image.createImage("/tank_p.png");
        hero = new Hero(imgHero);
        hero.setPosition(49, 145);
        hero.setFrame(2);
        hero.setLayerManager(layers);
        hero.setTiledLayer(tiles);
        layers.insert(hero,1);
}
```

4) createEnemy()方法

createEnemy()方法用于初始化敌人参数。代码如下:

```
public void createEnemy(int num) throws IOException      //初始化敌人
{
        Image image = Image.createImage("/tank_en.png");
        enemy[num] = new Enemy(image);
        enemy[num].setLayerManager(layers);
        enemy[num].setNumber(num);
        enemy[num].setTiledLayer(tiles);
        enemy[num].setEnemy(enemy);
        enemy[num].sethero(hero);
        layers.insert(enemy[num],layers.getSize() - 1);
}
```

5) getNullEnemyIndex()方法

getNullEnemyIndex()方法用于寻找空的存储位。代码如下:

```
private int getNullEnemyIndex()                          //寻找空的存储位
{
        int number = - 1;
        for(int i = 0;i < Max;i++)
          if(enemy[i] == null)
          {
                number = i;
                break;
          }
        return   number;
}
```

6) serveAnEnemy()方法

serveAnEnemy()方法用于添加一个新的敌人。代码如下:

```
private void serveAnEnemy() throws IOException           //添加一个新敌人
{
        int index = getNullEnemyIndex();
        if (index!= - 1)
```

```
        {
                createEnemy(index);
                int x = 0, y = 0;
                switch(enemyPosition)
                {
                        case 1:x = 5;y = 5;enemyPosition = 2;break ;      //更换刷新位置
                        case 2:x = 77;y = 5;enemyPosition = 3;break ;
                        case 3:x = 149;y = 5;enemyPosition = 1;break ;
                }
                enemy[index].setRefPixelPosition(x,y);
                enemy[index].start();
        }
        else return ;
}
```

7) start()方法

start()方法用于创建并启动游戏线程。代码如下:

```
public void start()
 {
    mTrucking = true;
    Thread gameThread = new Thread(this);
    gameThread.setPriority(Thread.MAX_PRIORITY);
    gameThread.start();
 }
```

8) run()方法

run()方法用于实现整个游戏的线程,线程启动后将自动调用 run()方法。代码如下:

```
public void run()                                           //主循环
{
    Graphics g = getGraphics();
    long startTime = System.currentTimeMillis(),timeTaken;
    while (true) {
        if(isPaused)                                        //暂停
        {
                try { gameThread.sleep(150); }
                catch (InterruptedException ie) {}
                if((getKeyStates() & GAME_B_PRESSED) != 0)
                {
                        isPaused = false;
                }
                try { gameThread.sleep(150); }
                catch (InterruptedException ie) {}
        }
        else {
            if(hero.herolife < = 0)                         //结束游戏
            {
                    try {
                        imgover = Image.createImage("/gameover.png");
```

```
                        g.drawImage(imgover, (w - 156)/2 + 10, (h - 156)/2 + 80, Graphics.TOP |
Graphics.LEFT);
                }catch (IOException ex) {}

                flushGraphics();
                try { gameThread.sleep(2000); }
                catch (InterruptedException ie) {}
                midlet.exitRequested();
                break;
        }
        else {
                if(enemyNum <= 0)                       //进入下一关
                {
                        enemyNum = TOTAL;
                        isVictorShowed = false;
                        lev++;
                        hero.herolife++;
                        layers.remove(tiles);
                        layers.remove(grass);
                        try{
                                createTiles();
                        }catch(IOException ex){}
                        hero.setPosition(49, 145);         //重置玩家
                        hero.setFrame(2);
                        hero.setTiledLayer(tiles);
                        layers.insert(tiles, layers.getSize() - 1);
                        layers.insert(grass, 0);
                        layers.insert(hero, 1);
                }
        else {
                if((enemyOnScreen < Max)&&(enemyOnScreen < enemyNum))    //刷新条件
                {
                        if(getNullEnemyIndex()!=-1)
                        {
                                if(enemyOnScreen < 3)
                                {
                                        try{
                                                serveAnEnemy();
                                                enemyOnScreen++;
                                        }catch(IOException ex){}
                                        startTime = System.currentTimeMillis();
                                }
                                else {
                                        timeTaken = System.currentTimeMillis() - startTime;
                                        if(timeTaken >= 6000)    //延迟刷新
                                        {
                                                try{
                                                        serveAnEnemy();
                                                        enemyOnScreen++;
                                                }catch(IOException ex){}
                                                startTime = System.currentTimeMillis();
```

```
                            }
                        }
                    }
                }
                input();
                render(g);
                try { gameThread.sleep(30); }
                catch (InterruptedException ie) { stop(); }
            }
        }
    }
}
```

9) render()方法

render()方法用于绘制屏幕,其中双缓冲技术的采用有助于消除屏幕刷新可能出现的抖动。代码如下:

```
private void render(Graphics g) {                            //绘制屏幕
    w = getWidth();
    h = getHeight();
    g.setColor(0xffffff);
    g.fillRect(0, 0, w, h);
    x = (w - 156) / 2;
    y = (h - 156) / 2;
    layers.paint(g, x, y);
    g.setColor(0x000000);
    g.drawRect(x, y, 156, 156);
    try {
        Image enemy = Image.createImage("/enemy.png");
        g.drawImage(enemy, x + 70, y + 160, Graphics.TOP | Graphics.LEFT);
        Image user = Image.createImage("/logo.png");
        g.drawImage(user, x + 120, y + 160, Graphics.TOP | Graphics.LEFT);
    }
    catch (IOException ex) {}
    g.drawString(String.valueOf(enemyNum), x + 95, y + 170, Graphics.BASELINE | Graphics.HCENTER);
    g.drawString(String.valueOf(hero.getlife()), x + 145, y + 170, Graphics.BASELINE |
Graphics.HCENTER);
    g.drawString("第" + lev + "关", x + 15, y + 170, Graphics.BASELINE | Graphics.HCENTER);
    if(isPaused == false)
        g.drawString("暂停", w - 20, h - 10, Graphics.BASELINE | Graphics.HCENTER);
    else
        g.drawString("继续", w - 20, h - 10, Graphics.BASELINE | Graphics.HCENTER);
    g.drawString("退出", 20, h - 10, Graphics.BASELINE | Graphics.HCENTER);

    flushGraphics();
}
```

10) input()方法

input()方法用于用户按键响应,当用户按软键时,会自动调用相应的处理方法。例如,当玩家按上、下、左、右等键时,我方坦克会在相应的方向上移动;当玩家按"开火"软键时,我方坦克会发射一发子弹;当玩家按"暂停"软键时游戏会暂停执行;当玩家按"退出游戏"软键时,游戏终止运行。代码如下:

```
void input()                                          //获取键盘
{
    int keyStates = getKeyStates();
    if ((keyStates & UP_PRESSED) != 0)
        hero.go(UP);
    else if ((keyStates & RIGHT_PRESSED) != 0)
        hero.go(RIGHT);
    else if ((keyStates & LEFT_PRESSED) != 0)
        hero.go(LEFT);
    else if ((keyStates & DOWN_PRESSED) != 0)
        hero.go(DOWN);
    if ((keyStates & FIRE_PRESSED) != 0)
        hero.fire();
    if ((keyStates & GAME_A_PRESSED) != 0)
        midlet.exitRequested();
    if ((keyStates & GAME_B_PRESSED) != 0)
        isPaused = true;
}
```

11) stop()方法

当 mTrucking 为 false 时,暂停游戏的执行。代码如下:

```
public void stop() {
    mTrucking = false;
}
```

12) destroy()方法

destroy()方法用于退出游戏。代码如下:

```
public void destroy() {
    gameThread = null;
}
```

5. 玩家坦克类 Hero

玩家坦克类 Hero 实现了坦克图片的加载、按照按键移动坦克、障碍物的碰撞检测。代码如下:

```
import java.io.*;
import javax.microedition.lcdui.*;
import javax.microedition.lcdui.game.*;

public class Hero extends Sprite {
    //玩家坦克类主要用到的变量如下:
    private static Graphics g = null;
    private Image imgHero;
```

```java
    private Image imgBullet;
    public Bullet bullet;
    private int step = 1;                               //玩家坦克单步步长
    private boolean canfire = true;                     //可开火标志

    BattleCityCanvas canvas;

    protected LayerManager layerManager;
    protected TiledLayer tiledLayer;
    protected int x, y;
    public final static int UP = 3, RIGHT = 2, DOWN = 4, LEFT = 1;
    private int CurDirection = 3;

    private Enemy enemy[];
    private boolean nocollides = true;                  //碰撞标志
    public int herolife = 3;                            //玩家生命

    //玩家坦克类的主要方法如下:
    public Hero( Image image) {                         //构造函数
    …
    }

    public void go( int i){                             //玩家移动
    …
    }

    public boolean canPass( int direction){            //可移动检测
    …
    }

    protected int getTileIndex( int x, int y){          //获取贴图类型
    …
    }

    public void fire( ){                                //开火
    …
    }

    private boolean collidesWithOtherTank( ){          //碰撞检测
    …
    }

    public void setLayerManager(LayerManager layerManager) { //图层管理
    …
    }

    public void setTiledLayer(TiledLayer tiledLayer) {
    …
    }
```

```
    public void setXY(int x, int y){                    //设置坐标
        ...
    }


    ...
}
```

下面对该类中主要的成员方法进行介绍说明。

1) Hero()方法

构造函数 Hero()方法用于玩家坦克初始化。代码如下：

```
public Hero(Image image)
{
    super(image, 9, 9);
    defineReferencePixel(4, 4);                         //参考点
    defineCollisionRectangle(-1, -1, 11, 11);           //碰撞体积
}
```

2) go()方法

go()方法用于玩家坦克的移动,在行动之前首先进行碰撞预检测,然后根据设定的移动速度和行进方向进行移动。代码如下：

```
public void go(int i)    //玩家移动
{
    this.setFrame(i-1);
    if(canPass(i)){
        switch(i) {
            case 1:
                this.defineCollisionRectangle(-2, -1, 12, 11);   //行动前的碰撞预检测
                if(collidesWithOtherTank())
                    { break; }
                this.move((0-step),0);//left
                break;
            case 2:
                this.defineCollisionRectangle(-1, -1, 12, 11);
                if(collidesWithOtherTank())
                    { break; }
                this.move(step,0);//right
                break;
            case 3:
                this.defineCollisionRectangle(-1, -2, 11, 12);
                if(collidesWithOtherTank())
                    { break; }
                this.move(0,(0-step));//up
                break;
            case 4:
                this.defineCollisionRectangle(-1, -1, 11, 12);
                if(collidesWithOtherTank())
                    { break; }
                this.move(0,step);//down
```

```
                                break;
                    default:break;
            }
        defineCollisionRectangle( - 1, - 1,11,11);
    }
}
```

3) canPass()方法

canPass()方法用于坦克的可移动判断。代码如下：

```
public boolean canPass(int direction)                    //可移动检测
{
    CurDirection = direction;
    x = this.getRefPixelX();
    y = this.getRefPixelY();
    switch(direction)
    {
        case 1://left
            if(x < = 5) return false ;
            else
                if(collidesWith(tiledLayer,false))
                {
                    for(int i = 0;i < 11;i++)
                    {
                        if(!((getTileIndex(x - 6,y - 5 + i) == 6) ||(getTileIndex
                        (x - 6,y - 5 + i) == 1)))
                            return    false ;
                    }
                }
            break ;

        case 2:                                           //right
            if(x > = 149) return false ;
            else
                if(collidesWith(tiledLayer,false))
                {
                    for(int i = 0;i < 11;i++)
                    {
                        if(!((getTileIndex(x + 6,y - 5 + i) == 6) ||(getTileIndex
                        (x + 6,y - 5 + i) == 1)))
                            return    false ;
                    }
                }
            break ;
        case 3:                                           //up
            if(y < = 5) return false ;
            else
            {
                if(collidesWith(tiledLayer,false))
                    for(int i = 0;i < 11;i++)
                    {
```

```
                        if(!((getTileIndex(x - 5 + i,y - 6) == 6) ||(getTileIndex
                        (x - 5 + i,y - 6) == 1)))
                            return   false ;
                    }
                }
            break ;
        case 4:                                        //down
            if(y >= 149) return false ;
            else
                if(collidesWith(tiledLayer,false))
                {
                    for(int i = 0;i < 11;i++)
                    {
                        if(!((getTileIndex(x - 5 + i,y + 6) == 6) ||(getTileIndex
                        (x - 5 + i,y + 6) == 1)))
                            return   false ;
                    }
                }
            break ;
        }
    return true ;
}
```

4) getTileIndex()方法

getTileIndex()方法用于获取贴图类型。代码如下：

```
protected int getTileIndex(int x,int y)                      //获取贴图类型
{
    int cellX = x/6;
     int cellY = y/6;
     return tiledLayer.getCell(cellX,cellY);
}
```

5) enableFire()方法

enableFire()方法用于设置坦克发射子弹的状态。代码如下：

```
public void enableFire()
{
    canfire = true;
}
```

6) fire()方法

fire()方法用于实现坦克发射子弹。代码如下：

```
public void fire()                                          //开火
{
    if(canfire)
    {
        canfire = false;
        x = this.getRefPixelX();                            //获取当前坦克位置以创建子弹
        y = this.getRefPixelY();
```

```
            try{
                    imgBullet = Image.createImage("/bullet.png");
                    bullet = new Bullet(imgBullet);
            }
            catch(IOException ex1) {}

            bullet.setLayerManager(layerManager);
            bullet.setTiledLayer(tiledLayer);
            bullet.setDirection(CurDirection);
            bullet.setXY(x,y);
            bullet.setEnemy(enemy);
            bullet.sethero(this);
            bullet.start();
        }
    }
```

7）collidesWithOtherTank()方法

collidesWithOtherTank()方法用于判断玩家坦克是否与敌方坦克发生了碰撞。代码如下：

```
private boolean collidesWithOtherTank()
{
    boolean collides = false;
    for(int i = 0;i < canvas.Max;i++)
    {
            if (enemy[i]!= null)
            {
                    if (collidesWith(enemy[i],false))
                        collides = true;
            }
    }
    return collides;
}
```

8）setLayerManager()方法

setLayerManager()和setTiledLayer()方法用于图层管理。代码如下：

```
public void setLayerManager(LayerManager layerManager)
{
    this.layerManager = layerManager;
}
public void setTiledLayer(TiledLayer tiledLayer)
{
    this.tiledLayer = tiledLayer;
}
```

9）setXY()方法

setXY()方法用于设置坦克在画面上的位置。代码如下：

```
public void setXY(int x,int y)
{
```

```
        this.x = x;
        this.y = y;
    }
```

10) setEnemy()方法

setEnemy()方法用于设置敌方坦克。代码如下：

```
public void setEnemy(Enemy enemy[])
{
    this.enemy = enemy;
}
```

11) getlife()方法

getlife()方法用于获取我方坦克的生命值。代码如下：

```
public int getlife()
{
    return herolife;
}
```

6. 敌方坦克类 Enemy

类 Enemy 用于创建敌方坦克。代码如下：

```
import javax.microedition.lcdui. * ;
import javax.microedition.lcdui.game. * ;
import java.util.Random;
import java.io. * ;

public class Enemy extends Sprite implements Runnable
{
    //敌方坦克类用到的主要变量如下：
    Thread t;
    private Hero hero;
    public boolean destroyed = false;                      //被击毁标记
    private Enemy enemy[];
    private int number;
    private boolean isBeginner = false;
    public final static int UP = 3, RIGHT = 2, DOWN = 4, LEFT = 1;
    private int CurDirection = 4;                           //当前方向
    private int x, y;
    private Image imgBullet;
    public Bullet bullet;

    protected LayerManager layerManager;
    protected TiledLayer tiledLayer;
    private boolean canfire = true;                         //可开火标志
    private int step = 1;
    BattleCityCanvas canvas;
    private Sprite explode;
```

```java
//敌方坦克类用到的主要方法如下：
public Enemy(Image image) (){                              //构造函数
…
}

public void sethero(Hero hero) {
…
}

public void setLayerManager(LayerManager layerManager){
…
}

public void setTiledLayer(TiledLayer tiledLayer){
…
}

public void setNumber(int num){
…
}

public void setEnemy(Enemy enemy[]){
…
}

public void run(){
…
}

public void start(){
…
}

public void fire(){                                        //开火
…
}

public void enableFire(){                                  //转换为可开火
…
}

private int getRandomDirection(){                          //随机方向
…
}

private int getRandomStep(){                               //随机步数
…
}

public boolean collidesWithOtherTank(){                    //遇到其他坦克
…
```

```
    }

    public boolean collidesInOtherTank(){        //与其他坦克重合
    …
    }

    public boolean canPass(int direction){        //可移动检测
    …
    }

    protected int getTileIndex(int x,int y){      //获取当前贴图类型
    …
    }

    public void tankExplode(int x,int y){         //坦克爆炸
    …
    }

    public void go(int i){                        //行动前预先检测
    …
    }
}
```

下面重点说明与 Hero 类中不同的方法。

1) 成员变量设置方法

sethero()、setNumber()、setEnemy()、setLayerManager()、setTiledLayer()等方法用于初始化参数,并负责管理图层。代码如下:

```
public void sethero(Hero hero)
{
    this.hero = hero;
}
public void setLayerManager(LayerManager layerManager)
{
    this.layerManager = layerManager;
}
public void setTiledLayer(TiledLayer tiledLayer)
{
    this.tiledLayer = tiledLayer;
}
public void setNumber(int num)
{
    number = num;
}
public void setEnemy(Enemy enemy[])
{
    this.enemy = enemy;
}
```

2）run()方法

run()方法用于游戏运行循环的处理。代码如下：

```java
public void run()
{
        int randomDirection = getRandomDirection();
        int randomStep = getRandomStep();
        int randomFire = getRandomStep()/2;
        while(true){
                if(canvas.isPaused){
                        try { t.sleep(150); }
                        catch (InterruptedException ie) {}
                }
                else{
                        for(int i = 0;i < randomStep;i++)
                        {
                                if(destroyed) break;
                                if(collidesInOtherTank())                    //重合处理：销毁
                                {
                                        x = this.getRefPixelX();
                                        y = this.getRefPixelY();
                                        layerManager.remove(enemy[number]);
                                        enemy[number].destroyed = true;
                                        tankExplode(x,y);
                                        canvas.enemyNum -- ;
                                        canvas.enemyOnScreen -- ;
                                        enemy[number] = null;
                                }

                                if(!collidesWithOtherTank())
                                        go(randomDirection);
                                else{                                        //遇到坦克就开火
                                        CurDirection = randomDirection;
                                        fire();
                                        randomDirection = getRandomDirection();
                                        go(randomDirection);
                                        randomFire -= 2;
                                }
                                randomFire -= 2;
                                if(randomFire <= 0){
                                        CurDirection = randomDirection;
                                        fire();
                                        randomFire = getRandomStep()/2;
                                }
                                if(!canPass(randomDirection)){
                                        CurDirection = randomDirection;
                                        fire();
                                        go(getRandomDirection());
                                        break;
                                }
                        }
```

```
                    try {t.sleep(30);}
                    catch (InterruptedException ex) {}
                }
                if(destroyed) break;
                randomDirection = getRandomDirection();
                randomFire = getRandomStep()/2;
                randomStep = getRandomStep();
            }
        }
}
```

3) fire()方法

fire()方法用于实现敌方坦克发射子弹。代码如下：

```
public void fire()                                      //开火
{
    if(canfire){
        canfire = false;
        x = this.getRefPixelX();
        y = this.getRefPixelY();
        try{
                imgBullet = Image.createImage("/bullet.png");
                bullet = new Bullet(imgBullet);
        }catch(IOException ex) {}
        bullet.setLayerManager(layerManager);
        bullet.setTiledLayer(tiledLayer);
        bullet.setDirection(CurDirection);
        bullet.setXY(x,y);
        bullet.setEnemy(enemy);
        bullet.setEnemyNum(number);
        bullet.sethero(hero);
        bullet.isFromEnemy = true;
        bullet.start();
    }
}
```

4) getRandomDirection()方法

getRandomDirection()方法用于随机获取敌方坦克的行进方向。代码如下：

```
private int getRandomDirection()                        //随机方向
{
    Random random = new Random(System.currentTimeMillis());
    return Math.abs(random.nextInt()) % 4 + 1;
}
```

5) getRandomStep()方法

getRandomStep()方法用于随机获取敌方坦克的行进速度。代码如下：

```
private int getRandomStep()                             //随机步数
{
    Random random = new Random(System.currentTimeMillis());
```

```
        return (Math.abs(random.nextInt()) % 4) * 40;
    }
```

6) collidesWithOtherTank()方法

collidesWithOtherTank()方法用于判断当前的地方坦克是否碰到其他坦克。代码如下：

```
public boolean collidesWithOtherTank()                    //遇到其他坦克
{
    boolean collides = false;
    for(int i = 0;i < canvas.Max;i++)
    {
        if(i == number){
            i++;
            if(i >= canvas.Max)break;
        }
        if (enemy[i]!= null)
            if (collidesWith(enemy[i],false))
                collides = true;
    }
    if(hero!= null)
        if(collidesWith(hero,false))
            collides = true;
    return collides;
}
```

7) collidesInOtherTank()方法

collidesInOtherTank()方法用于处理当前坦克与其他坦克重合时的处理方法。代码如下：

```
public boolean collidesInOtherTank()                    //与其他坦克重合
{
    boolean collides = false;
    for(int i = 0;i < canvas.Max;i++)
    {
        if(i == number){
            i++;
            if(i >= canvas.Max)break;
        }
        if (enemy[i]!= null)
            if (collidesWith(enemy[i],false))
                collides = true;
    }
    if(hero!= null)
        if(collidesWith(hero,false))
            collides = true;
    return collides;
}
```

8) tankExplode()方法

tankExplode()方法用于实现坦克爆炸的处理。代码如下：

```
public void tankExplode( int x, int y)                    //坦克爆炸
{
    Image image = null;                                   //make a explode effect
    try {
         image = Image.createImage("/explode.png");
        }catch (IOException ex1) {}
        explode = new Sprite(image);
        explode.defineReferencePixel(6,6);
        explode.setRefPixelPosition(x,y);
        layerManager.insert(explode,0);
        try {
          t.sleep(300);
        }
         catch (InterruptedException ex2) {}

        layerManager.remove(explode);
        explode = null;
}
```

7. 子弹类 Bullet

子弹类 Bullet 实现了子弹图片的加载、子弹运动、子弹与障碍物的碰撞检测、子弹爆炸及坦克爆炸的效果。代码如下：

```
import javax.microedition.lcdui. * ;
import javax.microedition.lcdui.game. * ;
import java.io. * ;

public class Bullet extends Sprite implements Runnable
{
    //子弹类中用到的主要变量如下：
    private LayerManager layerManager;
    public final static int UP = 3,RIGHT = 2,DOWN = 4,LEFT = 1;
    private int x,y;
    private int step = 2;                                 //子弹单步步长

    private Hero hero;
    private Sprite explode;
    private TiledLayer tiledLayer;
    public boolean isFromEnemy;                           //敌我子弹标记
    public boolean isEnd = true;                          //子弹结束标志
    Thread t;

    private Enemy enemy[ ];
    private int EnemyNum;
    BattleCityCanvas canvas;
    public boolean hit;
```

```java
    private int currentDirection = 0;                              //子弹方向

    //子弹类中用到的主要方法如下:
    public void setEnemyNum( int number) {
        …
    }

    public void setLayerManager( LayerManager layerManager){
        …
    }

    public void setEnemy( Enemy enemy[ ]){
        …
    }

    public Bullet( Image image) throws IOException{
        …
    }

    public void run(){
        …
    }

    public void setDirection( int direction){
        …
    }

    public void go( int direction){                                //子弹行动
        …
    }

    public void setXY( int x, int y){
        …
    }

    public void start(){
        …
    }

    public void sethero( Hero hero){
        …
    }

    private int getTileIndex( int x, int y){                       //获取当前位置的贴图类型
        …
    }

    public void setTiledLayer( TiledLayer tiledLayer){
        …
    }
```

```
    private void   tileExplode(int x, int y){            //背景的爆炸
     …
    }

    private boolean checkHit(int x, int y){              //命中检测
     …
    }

    public void tankExplode(int x, int y){              //坦克的爆炸
     …
    }

    public boolean isFromEnemy(){
     …
    }

    public void tsleep(int ms){
     …
    }
}
```

该类中的某些方法与坦克类中的类似,这里重点介绍其他的方法。

1) run()方法

run()方法用于游戏中子弹行为的处理。代码如下:

```
public void run()
{
  isEnd = false;
  defineReferencePixel(1, 1);
  this.setPosition(x, y);
  switch (currentDirection)                              //按方向设计初始帧
  {
      case  UP:
      {
          this.setFrame(2);
          break ;
      }
      case  DOWN:
      {
          this.setFrame(3);
          break ;
      }
      case  LEFT:
      {
          this.setFrame(0);
          break ;
      }
      case  RIGHT:
      {
          this.setFrame(1);
          break ;
```

```
            }
        }
    layerManager.insert(this,1);
    x = this.getRefPixelX();
    y = this.getRefPixelY();
    while ( (x <= 150) && (x >= 2) && (y >= 2) && (y <= 150)&&! isEnd)   //子弹运行范围
    {
        x = this.getRefPixelX();
        y = this.getRefPixelY();
        if(canvas.isPaused)
        {
                try { t.sleep(150); }
                catch (InterruptedException ie) {}
        }
        else
        {
                if (currentDirection != 0)
                    this.go(currentDirection);
                if (collidesWith(tiledLayer,true))
                {
                    hit = false;
                    switch (currentDirection)
                    {
                    case  UP:
                    {
                        if(checkHit(x,y - 3))
                            hit = true;
                        else if (checkHit(x - 1,y - 2))
                            hit = true;
                        else if (checkHit(x + 1,y - 2))
                            hit = true;
                        else if (checkHit(x - 2,y - 2))
                            hit = true;
                        else if (checkHit(x + 2,y - 2))
                            hit = true;
                                break ;
                    }
                    case  DOWN:
                    {
                        if(checkHit(x,y + 3))
                            hit = true;
                        else if (checkHit(x - 1,y + 2))
                            hit = true;
                        else if (checkHit(x + 1,y + 2))
                            hit = true;
                        else if (checkHit(x + 2,y + 2))
                            hit = true;
                        else if (checkHit(x - 2,y + 2))
                            hit = true;
                        break ;
                    }
```

```java
case  LEFT:
{
    if (checkHit(x - 3, y))
            hit = true;
    else if (checkHit(x - 2, y - 1))
            hit = true;
    else if (checkHit(x - 2, y + 1))
            hit = true;
    else if (checkHit(x - 2, y + 2))
            hit = true;
    else if (checkHit(x - 2, y - 2))
            hit = true;
    break ;
}
case  RIGHT:.
{
    if(checkHit(x + 3, y))
            hit = true;
    else if (checkHit(x + 2, y - 1))
            hit = true;
    else if (checkHit(x + 2, y + 1))
            hit = true;
    else if (checkHit(x + 2, y - 2))
            hit = true;
    else if (checkHit(x + 2, y + 2))
            hit = true;
    break ;
}
}
if(! isFromEnemy)                              //玩家子弹
{
    for( int i = 0; i < canvas. Max; i++)
    {
            if (enemy[ i]!= null)
            {
                    if(this.collidesWith(enemy[ i], true))   //击中敌方坦克
                    {
                            hit = true;
                            layerManager. remove(enemy[ i]);
                            enemy[ i]. destroyed = true;
                            canvas. enemyNum -- ;
                            canvas. enemyOnScreen -- ;
                            enemy[ i] = null;
                    }
            }
    }
}
else
{
    if(hero. bullet!= null)
    {
```

```
                          if(this.collidesWith(hero.bullet,true))  //玩家与敌人子弹碰撞
                          {
                                hit = true;
                                layerManager.remove(this);
                                layerManager.remove(hero.bullet);
                                hero.bullet.isEnd = true;;
                          }
                    }
                    if (hero!= null)
                      {
                        if(this.collidesWith(hero,true))              //玩家被命中
                        {
                                hit = true;
                                layerManager.remove(hero);
                                hero.herolife-- ;
                                hero.setPosition(49, 146);
                                hero.setFrame(2);
                                layerManager.insert(hero,1);

                        }
                      }
                   }
                if (hit) {break;}
            }
      try { t.sleep(20);}
          catch (InterruptedException ex) {}
            }
      }
      tankExplode(x,y);
      if(!isFromEnemy)
      {
              SoundPlayer.getInstance().playExplodeSound();
              hero.enableFire();
      }
      else
      {
              if(enemy[EnemyNum]!= null)
              enemy[EnemyNum].enableFire();                          //装弹
      }
      layerManager.remove(this);
      isEnd = true;
}
```

2) setDirection()方法

setDirection()方法用于设置子弹的方向。代码如下：

```
public void setDirection(int direction)
{
     currentDirection = direction;
}
```

3）go()方法

go()方法用于实现子弹的飞行处理。代码如下：

```java
public void go(int direction)                          //子弹行动
{
    switch (direction){
      case UP:{
              this.move(0,(0 - step));
              break;
      }
      case DOWN:{
              this.move(0,step);
              break;
      }
      case RIGHT:{
              this.move(step,0);
              break;
      }
      case LEFT:{
              this.move((0 - step),0);
              break;
      }
    }
}
```

4）tileExplode()方法

tileExplode()方法用于实现背景的爆炸效果。代码如下：

```java
private void  tileExplode(int x,int y)                  //背景的爆炸
{
      Image image = null;
      try {
              image = Image.createImage("/explode.png");
      }catch (IOException ex1) {}
      explode = new Sprite(image);
      explode.defineReferencePixel(4,4);
      explode.setRefPixelPosition(x,y);
      layerManager.insert(explodc,0);
      try {t.sleep(150);}
      catch (InterruptedException ex) {}
      layerManager.remove(explode);
      explode = null;
}
```

5）checkHit()方法

checkHit()方法用于子弹是否命中目标的检测。代码如下：

```java
private boolean checkHit(int x,int y)                   //命中检测
{
    boolean hit = false;
    int index = getTileIndex(x,y);                      //获得遇到的贴图类型
```

```
        if(index == 2)
        {
            tiledLayer.setCell(x / 6, y / 6, 1);                //消去砖块
            hit = true;
        }
        else if(index == 5)
        {
            hit = true;
        }
        else if((index == 3) || (index == 4) || (index == 7) || (index == 8))
        {
            layerManager.remove(this);
            isEnd = true;
            tileExplode(x, y);
            hero.herolife = 0;
        }
        return hit;
}
```

6) tankExplode()方法

tankExplode()方法用于实现坦克爆炸的效果。代码如下：

```
public void tankExplode(int x, int y)                        //坦克的爆炸
{
    Image image = null;
    try {
            image = Image.createImage("/explode.png");
        }catch (IOException ex1) {}
    explode = new Sprite(image);
    explode.defineReferencePixel(6,6);
    explode.setRefPixelPosition(x, y);
    layerManager.insert(explode,0);
    try {
            t.sleep(300);
        }catch (InterruptedException ex2) {}

    layerManager.remove(explode);
    explode = null;
}
```

7) isFromEnemy()方法

isFromEnemy()方法用于判断子弹是否来自敌方坦克。代码如下：

```
public boolean isFromEnemy()
{
    return isFromEnemy;
}
```

8) tsleep()方法

tsleep()方法用于设置一段延时。代码如下：

```
public void tsleep(int ms)
{
    try {
        t.sleep(ms);
    }
    catch (InterruptedException ie) {}
}
```

8. 游戏声音类 SoundPlayer

游戏声音类 SoundPlayer 用于加载声音资源和播放声音,游戏声音主要包括子弹发射声音和爆炸声音。代码如下:

```
import javax.microedition.media.*;
import java.io.*;

class SoundPlayer
{
    //该类用到的主要变量如下:
    private static SoundPlayer instance;
    private Player palyerFire;
    private Player playerExplode; private static Sound instance;

    //该类用到的主要方法如下:
    private SoundPlayer(){
    …
    }

    static SoundPlayer getInstance(){
    …
    }

    void playFireSound(){
    …
    }

    void playExplodeSound(){
    …
    }

    private void startPlayer(Player p){
    …
    }

    private Player createPlayer(String filename, String format){
    …
    }
}
```

下面对该类中主要的成员方法进行介绍说明。

1) SoundPlayer()方法

SoundPlayer()方法为该类的构造函数,用于加载游戏的发射声音与爆炸声音。代码如下:

```
private SoundPlayer()
{
    palyerFire = createPlayer("/fire.wav", "audio/x - wav");
    playerExplode = createPlayer("/explode.wav", "audio/x - wav");
}

static SoundPlayer getInstance()
{
    if (instance == null)
    {
        instance = new SoundPlayer();
    }
    return instance;
}
```

2) playFireSound()与 playExplodeSound()方法

playFireSound()与 playExplodeSound()方法分别用于播放发射子弹声音与爆炸声音。代码如下:

```
void playFireSound(){
    startPlayer(palyerFire);                    //播放发射子弹声音
}

void playExplodeSound(){
    startPlayer(playerExplode);                 //播放爆炸声音
}
```

3) startPlayer()方法

startPlayer()方法用于播放声音。代码如下:

```
private void startPlayer(Player p)
{
    if (p != null)
    {
        try {
            p.stop();
            p.setMediaTime(80);
            p.start();
        }
        catch (MediaException me)
        {
            System.out.println(me);
        }
    }
}
```

4）createPlayer()方法

createPlayer()方法用于加载声音资源。代码如下：

```
private Player createPlayer(String filename, String format)
{
    Player p = null;
    try {
        InputStream is = getClass().getResourceAsStream(filename);
        p = Manager.createPlayer(is, format);
        p.prefetch();
    }
    catch (IOException ioe)
    {
        System.out.println(ioe);
    }
    catch (MediaException me){
    }
    return p;
}
```

【实验内容与步骤】

（1）构建游戏的类结构。

① 游戏包含功能。

② 设计游戏类结构。

（2）根据游戏类结构开发游戏。

① 游戏主类算法设计。

② 游戏画布类算法设计。

③ 敌人坦克类设计。

④ 己方坦克类设计。

⑤ 子弹类设计。

⑥ 声音类设计。

（3）程序调试以及结果分析。

（4）撰写实验报告。

【思考】

1. 增加游戏关卡数量对游戏难度的影响。

2. 增加玩家修改地图功能对游戏设计难度的影响。

实验报告模板

实验名称：＿＿＿＿＿＿＿＿＿＿＿＿＿＿＿＿

系、专业：＿＿＿＿＿＿＿＿＿＿＿＿＿＿＿

学号：＿＿＿＿＿＿＿＿

姓名：＿＿＿＿＿＿＿＿

指导教师：＿＿＿＿＿＿＿＿

日期：＿＿＿＿＿＿＿＿

1. 实验名称

给出本次实验的名称及简要说明。

2. 实验目的

简要说明本次实验的目的。

3. 实验内容和要求

简要描述本次实验的内容及要求。

4. 算法流程及类关系图

说明本次实验所采用的算法流程,可以用文字或流程图描述。
给出本次实验设计的所有类的关系图。

5. 关键代码与注释

对关键步骤进行代码粘贴和注释。

6. 运行结果及说明

将在模拟器和/或实际手机上的运行结果进行截图并对结果进行描述。

7. 碰到的问题及其解决方法

对做实验过程中碰到的困难进行描述,并对其解决方法进行详细阐述。

8. 参考资料

列出本实验过程中参考的图书、论文、网站、开源代码等。

参 考 文 献

[1]　沈大海.J2ME 手机游戏开发技术与项目实战详解.北京:人民邮电出版社,2008.

[2]　龚剑.J2ME 手机游戏开发详解.北京:电子工业出版社,2008.

[3]　王蔚,张凯锋.J2ME 手机游戏设计技术与实战.北京:电子工业出版社,2007.

[4]　王晓,王天顺.J2ME 程序开发实用案例从入门到精通.北京:清华大学出版社,2007.

[5]　李研,刘晶晶,俞一鸣.J2ME 技术开发与应用.北京:机械工业出版社,2006.

[6]　詹建飞.J2ME 开发精解.北京:电子工业出版社,2006.

[7]　李新力.J2ME 实用教程.北京:人民邮电出版社,2007.

[8]　陈旭东,徐保民,张宏勋.J2ME 应用教程.北京:清华大学出版社,北京交通大学出版社,2007.

[9]　郎锐,孙方.J2ME 手机程序 Eclipse 开发基础.北京:机械工业出版社,2006.

[10]　杨建,杨军.精通 J2ME 嵌入式软件开发.北京:电子工业出版社,2007.

[11]　杨军,秦冬,王莹.J2ME 嵌入式开发案例精解.北京:电子工业出版社,2007.

[12]　陆东林,宾晟,国刚.J2ME 开发技术原理与实践教程.北京:电子工业出版社,2008.

[13]　杨光,孙丹.J2ME 程序设计实例教程.北京:清华大学出版社,2008.